Sebastian 23
Hinfallen ist wie Anlehnen, nur später

Sebastian 23

Hinfallen ist wie Anlehnen, nur später

Erste Auflage 2016

Alle Rechte vorbehalten
Copyright 2016 by

Lektora GmbH
Karlstraße 56
33098 Paderborn
Tel.: 05251 6886809
Fax: 05251 6886815
www.lektora.de

Druck: MCP, Marki
Covermotiv: Simon Höfer
Covermontage: Simon Höfer
Lektorat: Lektora GmbH
Layout Inhalt: Marvin Ruppert
Printed in Poland

ISBN: 978-3-95461-081-5

Inhalt

Teil 1 – Dada und Coco

Vokalgedichte 1: Iris 12

Vokalgedichte 2: Huhu Uhu! 15

Die Ruhr tickt 18

Zeit für Lyrik 22

Schwarz auf Weiß 24

Numerisches Meeting 29

Baums Zeugen 30

Die Funklochprinzessin 34

Glatzenkalender 38

Garage 43

Teil 2 – Gruben graben und grübeln

Am Rande bemerkt 46

Am Ufer des Überflusses 51

Frank und Freiheit 55

Pflichtflucht 60

Die Karte 61

Rezept für Jetzt 63

All das schrieb mir Maria 69

Ebene 74
Die Uhr als Ventilator 79
Angeleint sein 81

Teil 3 – Lachmöwen im Landeanflug
Vom Leben und vom Schreiben 88
Gesprochene Verbrechen 89
Faust 4 94
Politisch korechts 96
Unken ist Silber 102
Der Unrat der Sprache 106
Die Dudenbuche 111
Clown des Grauens 110
Ex und Hopp 118
Logischer Beweis 121
Apriximitäten 124
Kunst durch Sprache 129
Der milde Westen 134
Bochums Sehenswürdigkeiten 140

Teil 4 – Ernst als Vorname
Tagedieb 146
Alles fließt 150
In Worte fassen 155
Schwermut und Wohlkraft 157
Trojanische Worte 162
Das erste Mal 166
Kirsche 171
Ukiyo 175
Fisch und Feuer 179

Teil 5 – Heimatt

Euer Opa 184

Wenn dann, wann denn? 186

Zeit für Reprise 189

Prag pragmatisch 191

Das Gnu aus Ulm, Teil Fünf 196

Über sieben Krücken 198

Wutmehl 203

Silben switchen 207

Prock und Lotschow 208

Das Rätsel der Socke 212

Die Rede wendet sich 213

Der Hurensohn 215

Zwei Körperteile: Hals Maul 221

Der Schlüssel zum Eichenrebell 225

»Du rennst, aber der Boden antwortet nicht.
Er hat keine Lust und du bleibst stehen.«

(Sylabil Spill)

Teil 1
Dada und Coco

»Sind Diskos eigentlich so doof, wie ich denke –
oder bin ich der Doofe?«

(Martin Kippenberger)

Vokalgedichte
Einleitung Eins

Vokalgedichte sind keine Gedichte, die nur aus Vokalen bestehen, obwohl die auch schön sind. Sie klingen so: »AAAAAAAAAAAAUUUUUUUUUUUUUUUUUUUIIIIIIIEEEEEEEEEEEEEEEEIIIIIIIIIIUUUUUUIIIIIII.«

Immer ein bisschen wie ein Blauwal, welcher eine Frage hat.

Aber Vokalgedichte gehen anders – es sind Gedichte, in denen nur ein Vokal vorkommt. Ein bekanntes Beispiel ist das Gedicht »Ottos Mops« von Ernst Jandl. Da kommt nur das »O« drin vor und es enthält solche Sätze:

»Ottos Mops hopst«,

oder

»Ottos Mops kotzt«.

Genial.

Ich wollte aber gerne mit einem anderen Vokal arbeiten und bin bei meiner Recherche nach einem möglichen Vokal nach zwei Wochen auf das »I« gestoßen, den jüngeren, schlankeren Bruder des »O«:

Iris

IIIIIIIIH!
Wie fies!
Gierig griff Iris in ihr Bier
Dies irritiert mich
Wie ist Sinn hierin?
Misst sie, wie tief ihr Bier ist?
Schwimmt ihr Ring im Drink?
Wird sie irrsinnig?
Kifft sie viel?
Kiffi, kiffi, Iris?

Ich ließ sie, mit Birgit im Blick
Birgit ist Iris' Liebling
Birgit spricht:
»Iris ist nicht dicht!
Ihr Griff ins Bier ist wirr!
Sie stiert ins Licht!
Sie spinnt und grinst wie Tillidin!
Iris ist nicht richtig im Wirsing!«
»Ist sie wirklich nicht«, insistier ich

Wisst ihr, wie tief Iris' Bier ist?
Vierzig Inch
Wirklich tief, schien mir
Really deep, it seems
Iris winkt
Sie sinkt im Drink

Vokalgedichte
Teil 2

Nun kommen aber Leute zu mir und sagen: »Hey Sebastian! Im Text ›Iris‹ war ja gar nicht nur das ›I‹ drin. Da war ja auch ein Dehnungs-E drin, z. B. im Wort ›Bier‹.«

Das stimmt natürlich! Ich nehme Kritik immer ernst und habe ein weiteres Vokalgedicht geschrieben, in dem ich nicht mehr so frech mogele!

Um ein bisschen mysteriöser zu wirken, verrate ich diesmal aber nicht im Voraus, mit welchem Vokal ich diesmal arbeite:

Huhu Uhu!

Du fluchst:
»Zum Kuckuck!«
Gudrun schubst uns rum!
Pusht uns zum Sumpf!
Lust, Unfug zu tun!
Wut-Kultur!
Gudruns Mund brummt: »Huuh! Huuh!«
Um Gudrun drumrum Tuch und Mull!
Gudrun spukt!
Du guckst zur Uhr
Just null Uhr!

Gut zur Unzucht rund um Busch und Frucht
Du Fuchs!
Du suchst Gudruns Mund zum Kuss
Du schnurrst und schmust!
Fuß sucht Schuh!
Lust pur!
Nur: Gudrun tut stur
Gudrun grunzt stumpf: »Huuuh! Huuuuh!«
Spukt ungut

Stubst und schubst uns rum!
Und plumps!
Null Zukunft!
Sumpf schluckt uns!
Buch zu!

Die Ruhr tickt

»Wenn eine Hode sich aus dem Hodensack löst und ins Innere des Körpers wandert, spricht man von einer Hodentorsion. Viele denken ja, bei einer Torsion verknoten sich die beiden Hoden im Sack«, sagte ich.

Ein gutes Gesprächsthema für ein erstes Date zu finden, war noch nie meine Stärke.

Lena runzelte die Stirn und versuchte, das Thema zu wechseln:

»Äh, ja ... Sag mal, wo kommst du eigentlich her?«

Ich lächelte dankbar.

»Aus dem Ruhrgebiet, aus Bochum.«

Lenas Gesicht nahm einen Ausdruck an, den ich nicht zu deuten wusste. Dann sagte sie leise, aber bestimmt:

»Erzähl mir mehr von Hodentorsionen.«

Ich bin derartige Reaktionen gewöhnt. Wenn man aus dem Ruhrgebiet kommt, erntet man mitleidige Blicke von Leuten aus Hoyerswerda oder Delmenhorst. Leute aus Berlin fragen, wo denn dieses »Ruhrjebiet« nochmal liegt – und Münchner setzen sich an einen anderen Tisch. In einer anderen Bar. Dort versuchen sie, sich die traurige Tatsache, dass im Ruhrgebiet tatsächlich Menschen leben müssen, aus dem Kopf zu saufen. Tränen der Sehnsucht nach einer besseren Zukunft tropfen in ihr Weißbier.

Dabei wissen die meisten so gut wie gar nichts über das Ruhrgebiet, spätestens, wenn man ihnen erklärt, dass Köln nicht dazugehört. Köln ist eine Stunde entfernt. Es sagt ja auch keiner, dass Leipzig zu Berlin gehört oder Hamburg zu Delmenhorst.

Ein Mann aus Leipzig hat mich übrigens mal gefragt, ob wir in Bochum überhaupt einen Fluss haben. Ich gab ihm den Tipp, dass unser Fluss so heiße wie eine Infektionskrankheit.

Er sagte: »Aha.«

Und dann: »Bochum ... Bochum an der Aids?«

Nun ja, es stimmt schon, die Ruhr hat nicht den besten Namen der Welt erwischt. Sie ist quasi der Jimi Blue Ochsenknecht unter den Flüssen. Aber dennoch ist sie ein sanft geschwungener, ruhig fließender Strom inmitten grüner Hügel. Man kann im Sommer sehr schön darin schwimmen gehen, ohne Gefahr zu laufen, dass einem hinterher Körperteile fehlen – oder neue wachsen.

Sofern einem kein Schwan in den Unterleib tritt, ist nicht einmal mit Hodentorsionen zu rechnen.

Die Bewohner des Ruhrgebiets sprechen eine sehr direkte Sprache. Meine Großmutter sagte beim sonntäglichen Kaffeekränzchen auf feinbespitzter Tischdecke immer:

»Reich mir den Marmorkuchen, sonst reiß ich dir mit dem Tortenheber ein zweites Kackloch, du Fickfehler.«

Ach ja, die Oma.

Wir machen aber auch schöne Sachen mit Sprache, zum Beispiel praktische Verkürzungen: Aus den fünf Wörtern

»Kommst du um die Ecke« werden bei uns drei: »Komm-se umme Ecke«.

Aus »Horch auf, junger Kameråd!« (eine häufig genutzte Wendung) wird bei uns »HÖMMA!«. Und aus »Schau nur, der Oberbürgermeister reitet auf einem goldenen Kamel durch die Stadt!« wird bei uns »KUMMA!«.

Isso.

Auch um die Bausubstanz ist es nicht so schlecht bestellt, wie man immer denkt. Das weiß nur niemand, weil wir keinen Tourismus haben. Die Menschen kennen das Ruhrgebiet nur aus den Medien, wo es oft fragwürdig dargestellt wird. Ich habe mal in der Süddeutschen Zeitung den folgenden Satz gefunden (und ich zitiere wörtlich):

»Bochum sieht aus wie die architektonische Fantasie eines besoffenen Frettchens.«

Das ist zugegebenermaßen schon ein bisschen lustig. Ich möchte auch mal einen solchen Satz versuchen: »Die Süddeutsche Zeitung liest sich, als ob einem ein bekiffter Habicht mit stumpfem Schnabel und einer gewissen Vorliebe für Steppdecken einen äußerst kostspieligen Frappuccino serviert.«

Wie auch immer, heute sieht es im Ruhrgebiet längst nicht mehr so aus wie vor 50 Jahren. Ich kläre euch gerne über den aktuellen Status quo auf:

Die heutigen Bewohner des Ruhrgebiets leben vornehmlich in hölzernen Baumhäusern inmitten wiederaufgeforsteter Wälder. Die simpel gehaltenen Hütten sind durch ein komplexes Brückensystem miteinander verbunden, weil wir das in StarWars, Episode VI, auf dem Planeten der Ewoks gesehen haben und tierisch cool fanden.

Oben in den Baumwipfeln hüpfen wir von Ast zu Ast,

nackt, wie der Strukturwandel uns schuf. Dabei essen wir Bananen, die wir aus Äpfeln geschnitzt haben. Arbeit hat von uns keiner mehr, aber wir sagen nicht arbeitslos, weil das nicht mehr politisch korrekt ist. Wir sagen »zeitlich sehr flexible ethnische Minderheit«.

Unsere Wipfelwelt verlassen wir nur an besonderen Feiertagen: Dann klettern wir in farbenfroher Gesichtsbemalung und mit Gewändern aus Alabaster, Smaragden und Pfauenfedern bekleidet die Stämme der Bäume hinab auf den Boden der Tatsachen.

Unten, in den übriggebliebenen, größtenteils mit Moosen und Flechten überwucherten Fabrikhallen, machen wir dann die sogenannte »Kultur«: Wir tanzen um das Grubenfeuer, lauschen den Gesängen der räudigen Grunzbarden oder gehen zu Poetry Slams.

Im Anschluss gehen wir dann anne Bude und trinken Plörre ausse Dose, bis die einbrechende Nacht vom Gesang unserer Ahnen erfüllt ist:

»Hömma, kumma, ne!

Kumma, kumma, wa!

Hömma, kumma, ne!

Watt is datt denn da?«

Das alles hab ich Lena während des restlichen Dates noch erzählt.

Dass sie zwischenzeitlich gegangen war, störte mich nur geringfügig.

Zeit für Lyrik

Bäume sind Büsche auf Balken
Schrauben sind Nägel mit Falten
Flüsse sind Meere auf Reisen
Zugfahren ist Fließen auf Gleisen

Träume sind Schlaf mit Ideen
Igel Kakteen, die gehen
Fenster sind gläserne Mauern
Berge sind Wellen, die dauern

Pogen ist Tanzen mit Prügeln
Kamele sind Pferde mit Hügeln
Regen sind Wolken, die welken
Regeln Vorschläge, die gelten

Netze sind Tücher mit Löchern
Pfaue sind Vögel mit Fächern
Biere sind Räusche in Bechern
Schnecken sind Schlangen mit Dächern

Säulen sind Bäume aus Steinen
Tische sind Böden auf Beinen
Schuhe sind Mützen für Füße
Kekse sind Brote mit Süße

Beine sind Arme zum Laufen
Mauern sind sehr grade Haufen
Eier sind werdende Hennen
Sekunden sind Stunden, die rennen

KOMA ist AMOK im Spiegel
Kakteen sind fußkranke Igel
Schränke sind Häuser für Sachen
Weinen ist trauriges Lachen

Wolken sind Pfützen, die fliegen
Zs sind Ns, wenn sie liegen
Weizen sind Gräser mit Ähre
Schwimmen ist Fliegen für Schwere

(Heißer Dank gebührt an dieser Stelle Lars Ruppel, der zahlreiche Zeilen zum Text beitrug; und natürlich der einzig wahren Poetry-Slam-Boygroup SMAAT.)

Schwarz auf Weiß

Das war nicht unbedingt die Gegend, in der man wollte, dass die Tanknadel mit einem theatralischen Knall auf den Nullpunkt sank und das Auto seinen letzten Tropfen Benzin durch den Motor jagte, eine letzte kleine schwarze Wolke auspuffte und dann schlicht stehenblieb, nach langer und schöner Fahrt, aber leider zu früh, genau wie dieser Satz, der ja auch ziemlich lang war, aber dann plöt...

Dr. Amuru Mbenga seufzte und stieg aus, um nachzusehen, ob er im Kofferraum einen Benzinkanister hatte, mit dem er sich auf den Weg zur nächsten Tankstelle machen konnte. Immerhin hatte er es noch von der A 17 runter und bis kurz vor eine kleine Stadt geschafft. Von seiner Stirn troff der Schweiß, es war ziemlich warm, vor allem, weil er noch den dreiteiligen Anzug anhatte, den er für die Neurochemie-Tagung in Prag getragen hatte.

Vielleicht hätte er doch fliegen sollen, dachte Amuru, diese Autofahrt zurück nach Berlin zog sich ziemlich hin. Und wenn einem Flugzeug das Kerosin ausgeht, dann muss man wenigstens nicht mehr zur Tankstelle laufen.

Dr. Mbenga hatte den Kanister schnell gefunden, das Auto abgeschlossen und sich zu Fuß auf den Weg ge-

macht. Nach ein paar hundert Metern konnte er das Ortseingangsschild lesen: Pirna, Sächsische Schweiz, Sachsen
stand da. Insbesondere die mittleren Worte sahen schwie-
rig aus. Er hatte zwar ein bisschen Deutsch in der Schule
gehabt, aber lebte und forschte erst seit sieben Monaten
in Berlin, am Fraunhofer-Institut. »Saksisse Sweiz« murmelte er, begleitet von einem leichten Kopfschütteln.

Er wollte gerade weitergehen, als ihm eine Gruppe von
jungen Männer entgegentrat.

»Ach, guck mal«, dachte Amuru, »Nazis«.

Von denen hatte er gehört. Das waren aber einige
prächtige Exemplare, allesamt Männchen, in aufgeplusterten Bomberjacken, weißen Schnürsenkeln und mit kurz-
geschorenem Gefieder. Dr. Mbenga folgerte aus der auf-
wändigen Aufmachung, dass wohl Balzzeit sein musste.
Vermutlich suchten diese Männchen nach gebärfreudigen
Weibchen.

Und richtig, schon stieß das Größte der Männchen,
er mochte gut und gerne zwei Meter von der Springerstiefelsohle bis zur Glatze messen, einen der typischen
Brunftschreie aus: »Sieg Heil!«, rief er, gefolgt von einem
langgezogenen Rülpsen.

»Gut gesagt, Langer«, kommentierte ein Kleinerer, der
im Gegensatz zu seinen Kollegen einen Seitenscheitel und
einen Robert-Mugabe-Bart trug. In seinem Mund lauerten
kleine spitze Zähne, in allen Farbtönen zwischen creme-
weiß und anthrazit. Der Karieshai schien eine Art Alpha-
Tier zu sein, zumindest stand das so auf seiner Jacke.

»Wen haben wir denn hier?«, fragte der Hai in Richtung Amuru.

»Dit is' ein Ausländer«, rief der Lange, gefolgt von einem langgezogenen Rülpser. Dr. Mbenga erkannte da ein Muster.

»Ich glaube, das ist ein Neger!«, fiepste ein korpulenter Dritter, der offensichtlich in jüngerer Vergangenheit mit dem Hoden in eine Drechselmaschine geraten war. So klang zumindest seine Stimme und er sah auch ziemlich grimmig aus.

Bevor Amuru etwas antworten konnte, ergriff wieder der Hai das Wort.

»Nein, das kann kein Neger sein, weil der ist weiß.«

»Stimmt!«, rief der Lange, gefolgt von einem langgezogenen Rülpser.

»Doch, das ist ein Afrikanenser, guck doch mal, die platte Nase!«, fiepste der Dicke.

»Komm schon, der Lange hat doch auch 'ne platte Nase!«, gab Hai zu bedenken.

»Ja, aber das kommt von der Keilerei mit den Pollacken.«

»Vielleicht hat der hier sich auch mit den Pollacken geprügelt«, äffte Hai den Fiepser nach.

»Pass bloß auf, sonst hast du gleich auch 'ne platte Nase.«

Dr. Amuru Mbenga hatte den Eindruck, die Chance verpasst zu haben, den Herrschaften mitzuteilen, dass er sehr wohl aus Uganda kam, aber eben an Albinismus litt. Nun gut, dachte er und lauschte weiter fasziniert den Dominanzkämpfen in der Rudelhierarchie.

»Ach, halt die Backen. Der Typ hier ist schneeweiß, das ist doch kein Neger nich'!«

»Also, wenn du das nicht erkennst, bist du ein ganz schlechter Rassist. Du bist ein ganz schlechter Rassist!«, brüllte der Fiepser, mittlerweile sichtlich erregt.

»Nein, du bist ein schlechter Rassist, wenn du hier Weiße umklatschen willst.«

»Aber der klaut mir meinen Arbeitsplatz.«

»Du bist seit dem Hauptschulabschluss arbeitslos, Dirk.«

Aha, der Fiepser hieß also Dirk, was für ein schöner Name, dachte Amuru.

»Ja, genau, ich bin arbeitslos wegen so Negern wie dem da!«

»Das ist kein Neger, der ist nicht schwarz!«

»Vielleicht hat er Albinismus«, rief der Lange, gefolgt von einem langgezogenen Rülpser. Dr. Mbenga begann, ihn zu mögen.

»Albismus?«, fiepste Dirk.

»Albalismus, du Trottel«, korrigierte ihn der Hai.

»Es heißt Albinismus und ist eine Sammelbezeichnung für angeborene Störungen in der Biosynthese der Melanine (das sind Pigmente oder Farbstoffe) und die daraus resultierende hellere Haut-, Haar- und Augenfarbe«, erklärte der Lange, gefolgt von einem langgezogenen Schweigen.

Der Hai und der Fiepser sahen sich an und dann wieder den Langen.

»Ist das jetzt ein Schwarzer, oder nicht?«, fragte Hai.

»Das ist echt 'ne wichtige Frage, weil wir ja sonst nicht wissen, ob wir ihn hassen.«

»Naja, seine Haut ist ja nicht schwarz.« Diesmal rülpste der Lange zweimal, weil er es vorhin einmal vergessen hatte.

»Aber vielleicht ist er darunter noch ein Neger.«

»Unter der Haut?«

»Ja klar.«

»Das macht doch gar keinen Sinn, du Fettsack!«

»Doch, vielleicht ist er ja vom Charakter her ein Ausländer. Mein Vater sagt, da muss man immer auch auf die inneren Werte achten.«

»Du kannst mich mal an meinen inneren Werten lecken!«, schrie Hai.

Und es kam, wie es kommen musste, eine wüste Schlägerei brach los. Der Fiepser schlug Hai tatsächlich die Nase platt, im Gegenzug trat ihm Hai die Füße weg. Der Lange schlug sich derweil aus Verunsicherung selbst ins Gesicht.

Dr. Amuru Mbenga sah noch eine Weile lang zu und während er später auf dem Weg zur Tankstelle den Blick in den Sonnenuntergang schweifen ließ, lächelte er. Er würde demnächst öfter mal auf NPD-Demos gehen.

Numerisches Meeting

Einst in der
Zweigstelle einer
Dreisten
Firma
Fünf ent-
Sechsliche Gestalten ver-
Sieben aus
Achtlosigkeit den
Neun Trend der
Szene.
Denen war nicht mehr zu
'elfen!

Baums Zeugen

Ich bin nicht so der Morgenmensch.

Ich bin mehr so ein Morgenmufflon.

Mein morgendlicher Kaffeekonsum hält die Konjunktur Kolumbiens stabil, denn ich brauche so viel von dem Zeug, dass dem deutschen Durchschnittsbürger schon beim Zusehen die Herzkammer flattern würde.

Das ist wichtig, denn manchmal habe ich morgens dringende Sachen zu erledigen, wie z. B. einen Anruf bei meiner Krankenkasse, und wenn ich vorher nicht genug Kaffee hatte, kann es schon mal sein, dass ich aus Versehen die Faxnummer wähle und mich eine halbe Stunde mit dem Piepton unterhalte.

Und weil Kaffee allein irgendwann nicht mehr reicht, hat mir Andy Strauß einen Rezepttipp gegeben, ein Milchmischgetränk aus Wald- und Wiesenbewohnern, das noch effektiver ist. Andy hat immer ganz originelle Rezeptideen, von ihm stammt auch der Spanspanier – das ist so ähnlich wie ein Spanferkel, nur halt mit einem der putzigen Bewohner der iberischen Halbinsel.

Eines Morgens jedenfalls, ich schob gerade einen Fuchs in den Mixer, klingelte es unerwartet an der Tür. Ich ließ ab von meinem rostroten Milchshake und stellte mir drei Fragen:

1. *Wer mochte das sein?*
2. *Wen kenne ich, der so früh schon wach ist?*
3. *Warum geben wir Miley Cyrus nicht einen Kescher und sagen ihr, dass sie erst wieder an Land darf, wenn kein Plastikmüll mehr im Ozean ist?*

Doch blieb mir keine Zeit für etwaige Erwägungen, denn ich eilte zur Pforte und schon schob ich sie auf. Davor standen zwei unscheinbare Herren in graubenadelstreiften Anzügen. Der Größere der beiden trug einen Schnauzbart, sah damit aus wie ein Horst und hielt zudem eine Art Laserpistole in der Hand.

»Guten Morgen«, sagte der Kleinere der beiden, nennen wir ihn Hobbit, denn er war barfuß. Währenddessen richtete Horst sein Laserding auf mich.

»Guten Morgen?«, entgegnete ich fragend.

»0,36 Sekunden«, rief Horst mit leicht sächselndem Tonfall.

»Das ist eindeutig zu schnell!«

»Was?«, fragte ich.

»0,28 Sekunden, noch schneller!«, rief Horst.

Der Hobbit erklärte: »Kruse, mein Name, Polizeidirektion Dortmund-Wumpe. Mein Kollege und ich haben bei Ihnen eine deutlich überhöhte Reaktionsgeschwindigkeit festgestellt.«

Es dauerte ein paar Atemzüge, bis seine Worte bei mir angekommen waren.

»Was?«, fragte ich erneut.

»4,5 Sekunden«, kommentierte Horst mit Blick auf sein Messgerät, das dann wohl doch keine coole Laserpistole war.

»Guter Versuch«, ergänzte Wachmeister Kruse, »aber das macht Ihre Hektik von gerade eben nicht ungeschehen. Ich fürchte, Ihren Führerschein werden wir einziehen müssen.«

»Aber ich habe gar kein Auto und nicht mal einen Führerschein.«

»3,7 Sekunden«, sächselte Horst.

Der Hobbit namens Kruse dachte nach.

»Dann geben Sie uns Ihr Fahrrad.«

»Hab ich auch nicht.«

»1,2 Sekunden! Aufpassen, du!«

»Dann geben Sie uns Ihre Schuhe.«

»Wieso denn meine Schuhe?«

»0,9! Schon wieder zu schnell!«

»Jetzt hören Sie doch mal auf damit! Was wollen Sie mit meinen Schuhen?«

»Mit dieser rasanten Reaktionsweise sind Sie auch als Fußgänger eine Gefahr für die Gesellschaft. Darum her mit den Tretlingen, sonst nehmen wir Sie gleich mit auf die Wache.«

Der Hobbit klang bedrohlich, also zog ich meine Pantoffeln aus und reichte sie ihm.

»Tut mir leid. Ich wusste ja gar nichts von einer Reaktionsgeschwindigkeitsbegrenzung«, entschuldigte ich mich.

»Das ist ja wohl hoffentlich ein Scherz«, blaffte der Hobbit mich an, während er meine Pantoffeln über seine haarigen Füße zog.

»Das Trägheitsgesetz ist seit Januar bundesweit in Kraft.

Reaktionsgeschwindigkeiten von unter einer Sekunde sind damit gesetzlich nicht mehr zulässig.«

»Trägheitsgesetz?«

»Offiziell heißt es Nichthektikerschutzgesetz. Es war ja auch kaum noch auszuhalten! Überall wurde Stress gemacht, die Leute rannten durch die Fußgängerzonen, luden parallel noch ihre Börsendaten hoch und redeten unwirsche Halbwahrheiten in einem Tempo, das Geparden zum gramgeronnenen Neid gereicht hätte. Nichthektiker konnten sich diesem Highspeed-Rausch kaum entziehen, ein Blick auf die rasenden Massen reichte, um den Pulsschlag eines ehernen Buddhas auf Kolibriflügelschlaglevel zu katapultieren. Dazu noch die rasante Entwicklung von Technik, viele Nichthektiker kamen mit dem Ultrabook-Smartphone-Tablet-Schnickschnack nicht mit, tippten verzweifelte SMS in ihr Nokia 3310. Warum sollten sie das auch wegwerfen – es war ja noch nicht kaputt und es würde NIEMALS kaputtgehen. Die armen Nichthektiker gerieten in einen Sog aus Bleifüßen auf Überholspuren, in einen Strudel aus Termindruckwellen und Updatedownloadkaskaden! Da kommt doch keiner mit, das geht doch alles zu, ich meine, rababababababababa! RABABABABABABABA!«

Hobbit Kruse begann, auf und ab zu springen und sich die Haare zu raufen. Ich sah Horst an, Horst sah auf sein Messgerät.

»0,01 Sekunden. Wachmeister Kruse, sie sind verhaftet, wegen Eiligkeit im Dienst.«

Kruse wehrte sich nicht, als Horst ihm die Handschellen anlegte. Dann verschwanden die beiden so gemächlich, wie sie gekommen waren.

Meine Schuhe nahmen sie mit.

Die Funklochprinzessin
Ein mobiles Märchen

Ein Netz, meine Freunde, nur, dass wir das klären
Ist gewoben aus sehr vielen Seilen
Die der Welt und den Dingen den Durchgang erschweren
Indem sie sich um Löcher verteilen

Die ganze Welt ist heut' in Netze gewickelt
Wo Seile nur Funkwellen sind
Ein Wort wird hierin in Signale zerstückelt
Schon kennt jede Antwort der Wind

Der Mensch lebt im Netz und er kennt seine Maschen
Die Funkwellen lauschen geduldig
Selbst ich kann mein Glashaus mit Steinen nicht waschen
Auch ihr seid daran nicht unschuldig

Doch während wir alle aus Fenstern uns strecken
Statt Mammuts Empfangsbalken jagen
Kann das Funknetz doch kaum seine Löcher verstecken
Und so hört man den Wind leise klagen

Es waren zwei Königskinder
Die hatten einander so lieb
Sie konnten sich nicht erreichen
Das Funkloch war viel zu tief
Das Funkloch war viel zu tief

Die Funklochprinzessin, gekrönt von E-Plus
Sie salbte ihr Haupt in O2
Schon nach dem »Hallo« war am Telefon Schluss
Meistens kam es noch nicht mal dazu

So trug der Wind nur ihr Ebenholzhaar
Und die kirschroten Lippen stets schwiegen
Wenn ein Königssohn mit ihr reden wollt war
Ihre Nummer zwar einfach zu kriegen

Doch der Wille der Freier am Freizeichen brach
Und am »Teilnehmer nicht zu erreichen«
Selbst wenn ihr mal einer auf die Mailbox sprach
Lebte sie wie ein Fluss hinter Deichen

Die Funklochprinzessin, so schön wie vereinsamt
Geschichte wär hier schon zu Ende
Doch statt schwarzem Rand, der den Text hier nicht einrahmt
Nehm ich jetzt mein Handy und sende

Dem Sohn des Königs des Reichs der Ideen
Hinter vier Genitiven verborgen
Eine Kurzmitteilung und ihr werdet sehen
Der kommt, wie die Sonne am Morgen

Tatsächlich: er kam! (Was ein Autor so kann!)
Und der Prinz ließ sein Handy zu Hause
Er wusste Bescheid und er hatte nen Plan
Er war frisch wie ne Energy-Brause

Die Königstochter braucht' er nicht zu orten
Schon bald stand der Prinz tief im Schatten
Zweier Funktürme, die sich ins Himmelblau bohrten
Er rief hoch: »Madame, sie gestatten

Mein Name ist Prinz aus dem Reich der Ideen
Das man hierzuland´ Einfallsreich nennt
Funkloch-Prinzessin, so unerreicht schön
Die Verbindung zu unrecht getrennt!«

Von ganz oben kam da ihre Antwort geweht
Vom Fensterbrett der Funkturmkammer
Ihr Wort wurd von dort so wie Samen gesät:
»Es ist Hoffnung, an die ich mich klammer

Ich hoffe, dass ich Empfangsdame werde
Mein Prinz, drum leb ich auf der Spitze
Des Funkturms, denn bitte wo sonst auf der Erde
Fänd ich Anschluss, den ich nicht besitze!«

»Prinzessin, vergiss diesen Funkturm zu Babel
Verbindet zwar alles und jeden
Doch bitte, Rafunkel, lass dein Ladekabel
Herunter – und lass uns hier reden!«

Ein Netz, meine Freunde, nur, dass wir das klären
Ist gewoben aus sehr vielen Seilen
Doch manchmal reicht ein Seil zum Trotz aller Scheren
Die uns unsre Wege zerteilen

So stieg die Prinzessin am Kabel hinab
Bald wurden die Zwei frisch vermählt
Damit mein ich Sex und das nicht zu knapp
Doch genug von den beiden erzählt

An dieser Stelle kommt wohl die Moral
Am Schluss setzt der Autor ein Zeichen
Doch meine Moral, die war dieses Mal
Vorrübergehend nicht zu erreichen

Vielen Dank
Ruft mich an
Auch nachts

Glatzenkalender

Samuel Kleinschmitt wurde von seinen Freunden Sam genannt, was ihm sehr gut gefiel. Nicht nur, weil das so cool und amerikanisch klang, sondern auch, weil dadurch etwas von seinem Namen abgeschnitten wurde und dieser hinterher besser aussah.

Schöner machen durch Kürzung war genau sein Ding – Sam war Frisör. Sein Laden war einer der raren Frisöre in Deutschland, die es schafften, ohne grauseliges Wortspiel im Namen auszukommen. Er hieß nicht »Haarem« oder »Hairzklopfen« oder »Ruhm und Schere«, sein Salon hieß einfach »Sam Klein«. Bei »Kleinschmitt« hatte er auch was abgeschnitten, weil er schon mal dabei war.

Sam war ein untersetzter Mann, dessen rundliche Finger in so manche Schere kaum passen wollten. Das waren schon keine Wurstfinger mehr, das waren Schnitzelfinger. Aber er hatte zauberhaft wallendes, dunkelblondes Haar, das er mit einem Haarreif bändigte und das dennoch aus seinem Kopf zu strömen schien, als stünde er unter Strom. Dazu trug er gerne Neonfarben und eine Brille mit dickem, schwarzem Rahmen. Natürlich war eine exzentrische Erscheinung wie Sam in einer Stadt wie Pirna bekannt wie ein sprechender Chihuahua.

Eines Tages, kurz vor der Mittagspause, klingelte die Türglocke mal wieder den Refrain von »Material Girl« und kündigte einen neuen Kunden an. Sam fegte gerade die Haarreste von Frau Bollmann zusammen, die vor wenigen Minuten den Laden verlassen hatte, woraufhin eine segensreiche Stille eingetreten war. Nun sah Sam auf, um zu sehen, wer diese Stille unterbrach. Es waren drei junge Männer.

»Ach, guck mal«, dachte Sam, »Nazis«.

Vorneweg ging ein kleinerer Typ mit Seitenscheitel und einem akkurat teilrasierten Schnauzbart, das war wohl der Anführer dieses Trüppchens. Hinter ihm folgten zwei lupenreine Skinheads mit nassrasiertem Schädel, Bomberjacke, engen Jeans und dicken Stiefeln. Sexy, dachte Sam, auch wenn der eine der beiden etwas zu dick für seinen Geschmack war.

Die Attraktivität des großgewachsenen Nazis ließ dann auch recht abrupt nach, als er lauthals rief: »Igel Style!«, im Anschluss lautstark rülpste, kurz grübelte, dann nochmal rülpste, dann nochmal grübelte, den Mund aufmachte, um etwas zu sagen, diesen aber sofort wieder schloss. Dann hob er den Zeigefinger, als wäre ihm eingefallen, was er sagen wollte. Schließlich, nach gefühlten fünf Minuten, in denen ihn sowohl Sam als auch die beiden anderen Nazis gespannt angestarrt hatten, sagte er: »Ne, Moment! Nicht Igel Style! Ich meinte Sieg Heil!«

Dann zog er eine Bierflasche aus der Tasche seiner Jacke und begann, ihren Inhalt glucksend zu verzehren.

»Wen haben wir denn hier?«, fragte der kleingeratene Anführer, ein grimmiger Bursche, der aussah, als hätte Frodo Beutlin mittig zwischen Napoleon und Hitler eingeparkt. Aber mit ganz schlechten Zähnen, die zu allem Überfluss noch spitz wie die eines Hais waren.

»Dit is' ein Frisör!«, rief der Lange zwischen zwei Zügen aus der Pulle Bier.

Eine braune Flasche mit einer braunen Flasche, dachte Sam, sagte aber nichts. Stattdessen ergriff der Dicke das Wort.

»Nein, nein, das ist Uwe Ochsenknecht«, fiepste der korpulente Dritte, dem offensichtlich mal ein Amboss ins Gemächt gefallen war. Zumindest klang seine Stimme so und er machte auch keinen entspannten Eindruck.

»Was?«, fragte der Lange.

»Mann, der verarscht dich nur! Natürlich ist das ein Frisör, Sören! Wir sind hier ja auch beim Frisör!«, schimpfte wieder der Kleine, der mit seiner Truppe offenbar nur eingeschränkt zufrieden war.

Sam hatte den Eindruck, den Moment verpasst zu haben, die Herren zu fragen, was sie denn bei ihm wollten. Also ließ er sie einfach gewähren und lauschte.

»Wieso heißt das eigentlich ›verarschen‹?«, wollte Sören jetzt wissen.

»Was?«, fragten der Dicke und der Kleine gleichzeitig.

»Naja, ich meine, weil man das ja nicht mit dem Arsch macht, sondern mit dem Kopf. Das müsste eigentlich ›verkopfen‹ heißen.«

»Ey, Dirk, wenn ich jedes Mal einen Euro ins Sparschwein werfe, wenn du was mit dem Kopf machst, weißt du, was ich dann hätte?«, fragte der Dicke.

»Nee.«

»Keinen Euro.«

Der Dicke fiepste abgehackt, das war wohl seine Lache.

»Ich hab' dich voll verkopft«, rief Dirk und fiepste noch etwas weiter.

»Ruhe jetzt. Was hatte ich euch vorhin gesagt? Wir sind

eine nationale Bewegung und wollen ernst genommen werden. Also, reißt euch zusammen!«, befahl der Kleine.

Die beiden anderen schwiegen sofort, der Lange nahm beschämt einen Schluck aus seiner braunen Flasche.

»Also, was wollen wir hier? Warum sind wir hier reingekommen, Dirk?«, fragte der Kleine.

»Kann ich das vielleicht alleine mit dem Frisör besprechen?«, fragte der Dicke kleinlaut.

»NEIN!«, schrie der Kleine dicklaut. »Ich hab' genug von dem Kinderkram. Du sagst dem Mann jetzt, was du willst, und dann fahren wir eine Runde Auto und biegen immer schön rechts ab, damit ihr wieder auf Spur kommt.«

»Okay, okay«, murmelte der Dicke. »Also ... Äh ... Es ist so. Mein Vater hatte im Alter fast keine Haare mehr. Und ... Äh ... Also, ich wollte fragen, ob sie vielleicht ein vorbeugendes Mittel gegen Haarausfall haben? Lavendelöl oder so was.«

Bevor Sam etwas antworten konnte, sprang der kleine Hai dazwischen.

»Lavendelöl? Bist du jetzt völlig irre? Du bist ein gottverdammter Skinhead. Wenn du dir ein Mittel gegen Haarausfall geben lässt, bist du ein ganz schlechter Rassist. Du bist ein ganz schlechter Rassist!«

»Nein, du bist ein schlechter Rassist! Du hast doch auch Haare«, wehrte sich der Dicke quiekend.

»Ich bin ja auch ein Nazi und kein Skinhead!«

»AHA! Vielleicht will ich auch irgendwann kein Skinhead mehr sein, sondern auch ein Nazi und dann kann ich das nicht, weil ich Haarausfall habe.«

»Vielleicht kommt es auf die inneren Werte an«, versuchte der lange Sören zu schlichten.

»Deine inneren Werte sind Bier!«, zeterte der Kleine.

»Wir können das gerne vor der Tür regeln!«

Wutentbrannt sturmtruppten die drei nach draußen und begannen, sich mit den Fäusten die Gesichter neu zu modellieren. Sam sah eine Weile lang zu. Dann rieb er sich im Hinterzimmer die Kopfhaut mit Lavendelöl ein.

Garage

Albert Schweitzer hat mal gesagt: »Man ist kein Christ, nur weil man sonntags in die Kirche geht. Man ist ja auch kein Auto, nur weil man sonntags in die Garage geht.«

Und selbst, wenn man nicht nur sonntags, sondern dauerhaft in der Garage ist, wird man kein Auto. Dann wird man Bill Gates.

Teil 2
Gruben graben
und grübeln

»Ich schlief, ich schlief
Aus tiefem Traum bin ich erwacht: –
Die Welt ist tief,
Und tiefer als der Tag gedacht.«

(Friedrich Nietzsche, Also sprach Zarathustra)

Am Rande bemerkt

Ich habe mal meine Mitte gesucht
Und schnell gefunden

Das hat mir nicht gefallen
Also zog ich raus
Weit raus
Raus

Und ich kam
Zum Rand der Welt
Wo sich Engel über das Geländer lehnen
Und ins Jenseits spucken

Wenn du einen von ihnen
Nach Gott fragst
Dann lachen sie
Wie Piraten
»Harr, Harr!«
Augenklappen-Engel sind das
Links wie rechts

Keine Engel, die du kennst
Ohne Flügel und Farbe
Religion ist ihnen eine Glasperle
Maßgeschneidert für Ureinwohner
Mit zu viel Besitz

Sie destillieren lieber
In illegalen Brennereien
Momente aus Kerzenlicht
Und schenken sie in Schnapsgläsern aus
An alle Gäste
Die das flackernde Jetzt auf ex trinken können

Die Gegenwart
Sagen sie
Ist alles was, was uns bleibt
Seit Morgen der Fantasie gehört
Und ihre neidische Schwester Erinnerung
Sich das Gestern unter den Nagel gerissen hat

Seitdem stehen sie hier
An der Kante
Mit Händen wie Segel
Über der windstillen Endlosigkeit
Sie atmen
Das Gegenteil von Busfahrplänen
Und versuchen gar nicht erst, zu verstehen
Was das heißen soll

Wenn du einen von ihnen
Nach Sinn fragst
Dann lächeln sie
Wie Hüpfburgen lächeln würden
Und weben dir Zuckerwattezöpfe ins Haar
Bis dein Kopf Karussell fährt
Jahrmarkt-Engel sind das
Rundherum

Es sind keine Lichtwesen
Keine manifestierten Gebete aus Transparentpapier
Sie kleiden sich
In verworfene Ideen
Und vergessene Tagebucheinträge
Um nicht zu sagen
Sie tragen nichts
Bis auf ein Pfund Sorglosigkeit
So stehen sie hier
Am Rand der Welt

Wenn du sie fragst
Ob sie manchmal über die Kante
Hinausgehen wollen
Dann fragen sie
Wohin denn?

Klar
Klar kann man sich fallen lassen
Wie eine Münze in den Automaten
Aber es kommt doch nichts dabei raus
Außer kaltem Kaffee

Einem bereits entwerteten Fahrschein
Oder einer Schachtel Zigaretten

Es gibt gar kein Glück
Außerhalb dieser Scheibe
Und da ist es auch ganz egal
Dass es eigentlich eine Kugel ist

Heim ist ein Reim auf Reim
Sagen sie
Und dann lachen sie wieder
Komiker-Engel sind das
Werfen Worte wie Lotblei ins Leere
Die alten Witzbolde

Machen auf ironisch
Und lachen einfach
In Anbetracht eines Universums
Das seit 17 Milliarden Jahren
In die Unendlichkeit explodiert
Größer ist
Als jeder Versuch einer Vorstellung
Und hauptsächlich gefüllt
Mit sogenannter dunkler Materie
Von der selbst die Klügsten nicht wissen
Was sie sein soll
Aber sie können beweisen
Es gibt sie
Aha
Alles voll mit »Keine Ahnung«
Da muss man wohl lachen

Um nicht den Verstand zu verlieren
Obwohl verlieren
Allemal besser ist
Als Verlorensein
Verlieren ist allemal besser als Verlorensein
Sagen sie

Ich bitte die Engel um einen Moment
Sie reichen mir ein Schnapsglas
Gefüllt mit Kartenhäusern
Ich stelle keine Fragen mehr auf
Denn im Einfallsreich ist das Kartenhaus König
Jetzt bin ich hier
Das bleibt immer wahr
Jetzt bin ich hier

Am Ufer des Überflusses

»Hier gibt es ja wirklich alles! Leck mich fett! Und alles voll günstig!«

Lass uns
Einatmen und aufsparen
Uns rauswagen ins lauwarme Ausarten
In den einladenden Auslagen im Laufladen
Liegen saustarke Tauschwaren
Die will ich auch haben
Und ausatmen

Man hat sich im Laden geschlagen um den Thermomix
Und hat man ihn, hat man halt viel Lärm um nix
Man ehrt den Besitz, weil man gerne was kriegt
Um mehr geht's da nicht, wenn du ehrlicher bist
Merken die Kids, wie erbärmlich das ist?
Verzehrt sich ganz schlicht nach entbehrlichem Mist
Die zärtliche List, mit der Werbung dich küsst
Wehr dich doch nicht gegen herrlichen Shit
Am Ende wird es eh auf den Sperrmüll gekippt

»Gibt es den Hello-Kitty-Aschenbecher auch in Babyblau? 59
Euro? Ich nehme zwei!«

Am Überflussufer kann man sitzen und fischen
Ist üblich halt smoother, da selbst mitzumischen
Das kannst du sehr leicht ohne ganz coolen Scheiß
Dazu reichen schon Flaschen mit Pfannkuchenteig
Zum Helden erhoben mit gewählten Pantoffeln
Kaufst du dir Dosen mit geschälten Kartoffeln!
Selbst Orangen gibt es ohne Schale zu erwerben
In Plastik verschweißt, sonst würd die Ware verderben
Rationales muss sterben, um das Wahre zu werden
Und den Schaden verbergen, denn das zahlen die Erben
Wir schlagen die Kerben, sie haben die Scherben
Wir erleichtern das Konto, statt uns zu beschweren
Die kleinste Geige scheint hier der Grundton zu werden

»Ich fass es nicht! Ein zwei Meter breites Schwarzweiß-Foto,
auf dem die Golden Gate Bridge knallrot ist? Das häng ich mir
hochkant in den Schuhschrank! Und jetzt hab ich Hunger!«

Kauf dir Biobananen, importiert aus Argentinien
Fünftausend Meilen Banalität auf geraden Linien
Ein kleineres Laster, sonst nur vom heimischen Acker
Diese peinlichen Patzer legen wir heimlich ad acta
Für uns ist Couscous ein Muss, muss nix mehr erklären
Statt Bonbons und Chips futtern wir Nussmix und Beeren
Wir haben kein Gesicht, nur ein Gewicht zu verlieren
Hier heißt richtig dinieren, keinen Fisch zu panieren
Auch wenn man
Statt Schnitzel zu braten nur Buchweizen will

Glitzert im Garten der Hochleistungsgrill
Man stochert drin rum, er macht nur schlecht Feuer
Das Zeug schmeckt nach Dung, ist aber echt teuer
Vergiss den Geschmack, hier wird trendy geknabbert
Ich hab mir vor Glück auf mein Handy gesabbert
Das kann Internet, Telefon, Navigation
Und lässt man es los auch noch Gravitation
»An der nächsten Kreuzung bitte nach unten abbiegen!«
Ansonsten ist man kaum noch runterzukriegen
Auf unteren Liegen gibt es nicht unser Zufrieden
Die Kunst ist, zu fliegen, weil wir nur hundert Gramm wiegen

»Was kosten die Chia-Samen? Heftig! Nehmen sie meinen Hund in Zahlung?«

Für zwei Stöcke zum Walken ein Monatsgehalt
Sie liegen nur rum wie ein Ohnmachtsanfall
Ein komischer Knall und die Silvesterrakete
Aus dem Fenster geballert, vergesse die Knete
Man testet den Käse mit den teuersten Raspeln
In euren Tassen nur das Zeug aus den Kapseln
Wollt ihr euch was basteln, aus Scheinen ein Nest
Fliegt mit eigenen Jets aus dem einsamen Jetzt
Und mit »Jetzt« mein ich »nie« und mit »Jets« nur die U-Bahn
Happy Thanksgiving, wer ist hier der Truthahn?

Das Fazit des Textes, den ich hier grad schreib
Als Leitsatz dabei hat sich wirksam gezeigt
Der folgende Kodex der Wirschaftlichkeit
Man kauft sich die Rolex und hat nicht mal die Zeit

Lass uns
Einatmen und aufsparen
Uns rauswagen ins lauwarme Ausarten
In den einladenden Auslagen im Kaufladen
Liegen saustarke Tauschwaren
Die will ich auch haben
Und ausatmen
Sich vorm Kauf, ob man es braucht, fragen

»Wow, was Sie für Aussagen draufhaben! Konsumkritik und so, voll der coole Text! Kann man irgendwo Ihr Buch kaufen? Ich nehme zwei!«

Frank und Freiheit

Dies ist im Übrigen keine der üblichen
   Geschichten aus dem durchschnittlich Typischen
»Es ist kalt in Deutschland«, denkt euer Mann Frank,
   die Heimaterde ist Thüringen
Ein Kerl wie ein Wandschrank, doch sein Verstand fand
   Platz im Handgepäck
Sein Blick sucht gern bei andern Stress,
   er isst aus Polen Sandgebäck
Die Schuhe sind aus Bangladesch, im Urlaub liebt der
   Frank Quebec, ist in Kanada zum Wandern weg
Kommt er euch etwa vor,
   als ob er ostdeutsches Obst braucht?
Fußt seine Selbstsicherheit in Ecuador
   an einem Koksstrauch?
Man ahnt, wenn man fragt, wie die Antwort ausfiele
Im Supermarkt sucht er nach Mangos aus Chile
Mag Massagen aus Thailand auf dem Standort Bauchliege
Liebt brasilianischen Fußball und Kampfsport, auch Spiele
Auf Konsolen aus Japan
Smartphones aus Taiwan
Kaffee aus Kolumbien

Oliven aus Umbrien
Hollywoods Blockbuster
Schwedische Rockkasper
Whisky ist schottischer
Nordischer Götterchor
Für den Ton an Silvester
    ein paar tschechische Feiergeschütze
Für den Sohn seiner Schwester
    die chinesische Spiderman-Mütze
Und den Lorbeerkranz auf die Brust seines Polohemds
Näht eine Kinderhand im Hinterland Äthiopiens
Aber Ausländer findet Frank scheiße
Na logisch, Frank!

Dies ist im Übrigen keine der üblichen
    Geschichten aus dem durchschnittlich Typischen
»Es ist kalt in Deutschland«, denkt euer Mann Frank,
    die Heimaterde ist Thüringen
Er redet gern von Lügenpresse,
    grimmig graue Prügelfresse
Gibt es ohne Zügel Dresche,
    bist du platt wie Bügelwäsche
Denn er ist ein zum Austausch unfähiger ewiger
    Nachredner der beliebigen Prediger von PEGIDA
Debiler juveniler Wegschieber kritischer Gedanken,
    lediger Erlediger weniger Traktanden
Aber immer wieder und immer weiter
    auf der Straße gegen Asylanten
Schuld am eigenen Schicksal Muslimen zuschieben
Frank denkt von ihnen

Die sind nur hier, um Smartphones
  und Luxuslimousinen zu kriegen
Für die Ausländer ist seine Nationalhymne
  doch nur ein Werbejingle
Sie wollen Frank die Frauen klauen –
  doch er trickst sie aus und ist derbe Single
Die Letzte schrieb im Abschiedsbrief,
  er sei ein Zentner Hack auf Beinen
Fast zum Weinen, ihn so abzuschreiben,
  doch keine Träne konnte das vermeiden
Karma ist ein Bumerang und er ein dummer Mann
  mit braunem Umhang an
Brandbeschleunigern wie in den Neunzigern
  und Glut im Bauch zum Untergang
Wirft den Funken dann
  in eine geplante Unterkunft für hundert Mann
Denn er lebt im Vorgestern
  und hat nichts für morgen über
Frank fordert Führer, doch ist natürlich nicht rechts,
  nur ein besorgter Bürger!
Na logisch, Frank!

Dies ist im Übrigen keine der üblichen
  Geschichten aus dem durchschnittlich Typischen
»Es ist deutsch in Kaltland«, denkt der kleine Bassam,
  die Heimaterde ist Syrien
Er ist acht und trägt als Handschuhe
  Socken mit Löchern für die Daumen
War trotz Nachtruhe wach,
  denn er hat öfter diesen Traum

Steht vorm Container, starrt der Dunkelheit
    von innen an die Schädeldecke
Besser, denkt der Junge,
    als wenn ich drinnen jeden wecke
Verließ in sternenloser Nacht den beengten Raum
Bis zu der Laterne weiter vorn, die mit gesenktem Haupt
Einen kleinen Lichtkegel wirft,
    der Dunkelheit den Schrecken raubt
Bassam atmet an der Ecke,
    aus seinem Mund steigt eine Wolkendecke auf
Ganz leicht, doch abrupt wie ein fallender Zweig
Stehen Riesen darin und sie kommen zu zweit
Es sind Frank und sein dicker Kumpel Maik
Für einen Moment stehen sie still wie die Zeit
Bassam ist jäh erschrocken
Er rührt nicht einen Knochen
Von weit oben fällt ein Tropfen
Und die Dunkelheit steht offen
Denn wo schwere Herzen klopfen
Da gibt es nicht viel zu hoffen
Doch es ändert sich etwas, von ganz, ganz tief innen
Maik hebt den Schlagstock, um Bassam zu vertrimmen
Bassam steht im Schnee, weint eine kleinere Pfütze
Frank starrt auf Bassams chinesische Spiderman-Mütze
Fragt sich plötzlich, wozu bin ich eigentlich nütze
Wenn ich nicht jetzt und hier diesen Kleinen beschütze?
Die Gedanken verschwimmen, zwischen unten und oben
Als würde die Welt aus den Angeln gehoben
Frank hebt die Faust, ein Schlag,
    da liegt Maik schon am Boden
Bassam, der die Fassung schnell wiedergewinnt

Sagt »Şukran!«, bevor er zu rennen beginnt
Frank ist allein, starrt auf Maik
    und verweilt mit gesenktem Haupt
Ein kleiner Lichtkegel,
    der Dunkelheit den Schrecken raubt

Pflichtflucht
(Variante 10)

Grüß die Zähne im Getriebe
Wünsch dem Alltag alles Liebe
Wink vorbeigehend der Zeit

Schreib dem Plan eine Postkarte
Sag To-Do, dass ich noch warte
Sag der Stechuhr, tut mir leid

Richte Dank an den Kalender
Steck dem Chef, dass ich mich änder
Drücke mein Bedauern aus

Bei der Akte und dem Stempel
Statuier ich ein Exempel
Durch den Weg zur Tür hinaus

Die Karte

Ich hatte mal eine Landkarte
Darauf war nicht ein einziger Fluss eingezeichnet
Zuerst dachte ich
Es handele sich um eine wirklich trockene Gegend
Wüste womöglich
Aber es gab noch nicht mal eine Grenze
Meine Güte
Dachte ich
Eine endlose Einöde
Wie schrecklich
Das Ende allen Lebens
Hier wächst nichts mehr
Kein Wunder
Dass auch keine Straßen auf der Karte waren
Wer will da schon hin
Es gab ja auch keine Städte
Keine Zeichen der Zivilisation
Nicht mal ein kärglicher verkümmerter Rest
Keine Spur
Die ein Mensch hinterlassen hätte
Alles ausgetilgt

Draußen dämmerte es
Abend oder Morgen
Ich saß da mit
Einer Karte ohne Flüsse
Ohne Straße
Ohne Vegetation
Ohne Städte

Wie peinlich
Es war nur ein leeres Blatt

Rezept für Jetzt

Die Langeweile zieht
Gleich Gummibändern
Die ausleiern
Zwischen den Ohren
Minuten zu Stunden
Zu Tagen, zu Wochen
Zu Mondmonaten
Zu Sonnenjahren

Drei!
Drei Jahre starrte ich
Auf die grauweißmatte Wartezimmerwattewand
Mir war, als ob ich in jedem Berg und Tal
Der Raufasertapete mit Blicken Schlitten fuhr
Drei Jahre saß ich in diesem
Dulldrögen lochleeren Alpraum
Es waren wüstenschwere Jahre
Mein Hirn glich einer Rosine
Drei Jahre
So viel ist sicher
Auch wenn die Uhr behauptete

Es seien erst 12 Minuten vergangen
Als ich gehen durfte

Als ich zu Hause war
Besann ich mich meiner Fähigkeiten
Kochte ich
Kochte ich mir
Ein Mittel
Gegen Mittelmäßigkeit
Für Mittellose
Ein Tonikum gegen Langeweile

Ohren auf
Mein Sohn
Hier ist mein Rezept

Teile
Deine Sorgen
In zwei Hälften
Schneide die Kerne heraus
Koche sie in entspannter Grundhaltung
Bis sie an die Oberfläche steigen
Und sich auflösen

Vermische
500 Gramm ungezuckerten Sonnenschein
Ein gerüttelt Scheffel grundloses Lächeln
Und einen Tropfen Septemberschweiß
Unter dem ersten Wollpulli des Herbstes

Schreib es dir mit Fingerfarben
Auf die Füße
Regen ist eine gute Sache
Nicht nur für Regenschirmproduzenten

Umwickle
Einen jägerzaunlosen Tag
Mit Waldwegen, Gleisbetten und Autobahnen
Rühre gut abgehangene Planlosigkeit unter
Und eine Prise Egal-was-es-ist
Aber nur eine Prise
Es ist erst Mittag

Knete
Zwölf Himmelsrichtungen
Aus einem Kompass
Vermenge diese mit guten Augen
Damit du siehst
Wohin die Reise gehen könnte
Und dann los

Mensch und Tier unterscheidet
Der Glaube
An die Möglichkeit der Dinge
Und glaube mir
Es geht von jedem Punkt in jede Richtung
Außer zurück

Wenn du nicht mehr weiterweißt
Denk an Kolumbus
Der hat Amerika entdeckt

Und es nicht einmal gemerkt
Der Depp
Es geht nicht immer um das Weiterwissen
Sondern um das Weitermachen
Zeig den gelehrten Experten deine Rücklichter
Immer das Große wagen

Und
Drei Finger breit
Über dem Großen Wagen
Den Fixpunkt Nordstern finden
Und die Liebe daran hängen
Damit sie immer da ist

Baue
Ein Nest aus weißem Papier
Und fülle diesen Blätterteig mit Tinte
Streue Ideen drüber
Und einen frisch gepressten Blitz
Wiederhole die wichtigsten Sätze
Regen ist eine gute Sache
Immer das Große wagen

Stell dich
Mit Salamanderfüßen auf die warmen Dachziegel
Streck dich in den Wind aus Nordnordost
Love is in the air, Alter
Atme ein
Und finde raus
Warum es Lungenflügel heißt

Gleichzeitig
Eine Angst ausrollen
Mit dem Nudelholz Selbstbewusstsein
Formen ausstanzen
Mit Tautropfen beträufeln
Und über offener Flamme rösten

Gib alles, was du hast
Auf deine Zunge
Der Zuhörer sei deine Eieruhr
Wenn die Augen leuchten
Bist du durch

Wenn dir nichts mehr einfällt
Bau ein Kartenhaus
Und es wird nicht lange dauern
Bis dir wieder was einfällt

Und häng nicht in den Seilen
Solange du kein Räucherschinken bist
Geh mit der Sonne auf
Und lache der Nacht mit Scheinwerferaugen
Ins leere Gesicht

Das sind die Zutaten
Alles vermischen
Bis es gründlich zusammenhängt
Zuckerguss und Schokostreusel drüber

Und wenn du alles richtiggemacht hast
Dann werden Jahre zu Monaten

Zu Wochen
Zu Tagen
Zu Stunden
Zu Minuten
Zu Sekunden
Zu Jetzt
Zu Jetzt
Zuletzt
Zu Regen

All das schrieb mir Maria
(Eine wahre Geschichte)

Ende März
Überzog der Raps das Land mit Flicken
Und Bäume atmeten Licht
Aus tiefem Gelb und hohem Blau
Als ich einen Brief erhielt
Von Maria
Die mich nicht kannte
Und ich sie auch nicht

Sie schrieb mir von Noëlle
Ihrer besten Freundin
Eine karibische Schönheit
Von akribischer Klugheit
Die nach Deutschland kam
Um Medizin zu studieren
Sie schwor bei Hippokrates
Einen Eid

Maria war
Ein deutsches Mädchen
Mit dem Cello im linken

Und den Hormonen im rechten Ohr
Denn Pubertät ist ein Vollzeit-Job

Da mag man
Hermann Hesse und Yann Tiersen
Und was man alles nicht mag
Passt hier nicht rein

Natürlich konnte Maria
Nicht widerstehen
Wenn Noëlle am Klavier saß
Und mit schwarzen und weißen Tasten spielte
»Comptine d'un autre Été«
Das Wiegenlied eines anderen Sommers
Ganz versunken
Als sei sie auf einer Sightseeing-Tour
In einer anderen Welt

Für einen Moment
Legte Maria ihr Cello aus der Hand
Und lernte Klavier und versinken

Noëlle brachte Verkäuferinnen zur Verzweiflung
Weil sie niemals zu feilschen aufhörte
Wie sie es von zuhause kannte
Denn alles war kostbar
Doch Noëlle wollte keinen zu hohen Preis zahlen
Wer in Port-au-Prince nicht handelt
Wird für dumm verkauft

Maria brachte Noëlle zum Lachen
Als sie Auto fuhr
Obwohl sie viel zu jung war
Und als der Sommer endete
Hielt sie Noëlles linke Hand
Als in die rechte der erste Schnee ihres Lebens fiel
Eine einzigartige Flocke
Die zu schnell schmolz

Und Noëlle brachte Maria zum Lachen
Als sie versuchte
Einen Elektroofen anzufeuern
Und als der Tag endete
Buken sie Kekse
Und tauchten
In Meere aus Mehl und Nutella
Die Kekse wurden hart wie Steine
Und waren das Beste
Was sie je gegessen hatten

Und plötzlich sprang die Welt aus der Fassung
Am zwölften Tag des Jahres 2010
Bebte die Erde
Unter dem ärmsten Land der Welt
Noëlles Heimat
Haiti

Eine Nacht weinten sie
Dann brachte Maria sie zum Flughafen
Ihr Eid war nicht der Grund für Noëlles Rückkehr
Sondern der Grund für ihren Eid

Sie wollte helfen
Und so flog sie
Zehntausend Meter hoch
Zwischen Ozean und Sonne
Sie atmete
Tiefes Blau und hohes Gelb

Die Landung war hart
Und sie fand vor sich die Trümmer
Einer Welt
Als sie aus der Maschine stieg

All das schrieb mir Maria
Ende März des Jahres 2011
Denn gerade hatte sie selbst einen Brief von Noëlle erhalten

Noëlle tröstete darin Maria
Mit Ideen, was die beiden machen würden
Wenn sie wieder in Deutschland wäre
Sie wollte mit ihr zu einem Poetry Slam
Zu mir

Maria war fassungslos
Verrückt, wie lange die Post gebraucht hatte
Der Brief war über ein Jahr alt
Geschrieben vier Tage
Bevor Noëlle starb
An einem Virus

All das schrieb mir Maria
Mit so lebendigen Worten

Dass ich sie vor mir sehen konnte
Alle beide
In Mehl und Nutella getaucht
Wie weiße und schwarze Tasten
Schneeflocken fangend
Auf den Lippen
Das Wiegenlied eines anderen Sommers
Dem salzgetrübten Blick trotzend

All das schrieb mir Maria
Mit Worten wie eine Fassung
Aus der die Welt nicht springen kann
Und ich habe mehr über mich
Und das Schreiben
Aus dem Brief einer Sechzehnjährigen gelernt
Als aus hundert Büchern

Ebene

»Die Sonne kocht auch nur mit Wasser
Die soll sich mal nicht so aufspielen
Die gelbe Sau«

Singt Peter Licht
Und ich weiß, was er meint
Ich kenne die Sonne länger
Als die meisten
Denn ich komme aus der Ebene
Wo sie früh auf- und spät untergeht

Ich komme aus der Ebene
Wo Nebel aus Bachläufen steigen
Und sich auf Felder legen
Wo Wolkenbrüche Wege aufweichen
Bis im Schlamm die Spuren der Tiere zu lesen sind
Wie Gute-Nacht-Geschichten von Fuchs und Hase
Weil wir nicht mal Bürgersteige haben
Klappen wir die Kinnladen hoch

Ich komme aus der Ebene
In der die Menschen in schmalen Spalten leben
In den Nähten der Steppdecke
Aus Äckern, Mais, Raps und Weiden
Wo man kein Internet braucht
Denn man hat einen John Deere Traktor 7810
Mit Gewicht in der Fronthydraulik
Pflüg' mal ein frostiges Feld mit Google

Ich komme aus der Ebene
Wo man mittwochs schon sieht
Wer sonntags zu Besuch kommt
Wo man einmal in die Pedale tritt
Und das Fahrrad rollt stundenlang
Bis zur Nordsee
Und dann über das Wasser bis Island
Ach, guck mal
Ein Vulkan
Und ich hab' keinen Ring zum Reinwerfen
Dann nehm' ich halt Björk

Ich komme aus der Ebene
Mit dem Bügeleisen modelliert
Schafft sie ein Gefühl
Für das Unendliche
Und das Ländliche
Halt mal meine Forke
Ich steck' mir Korken in die Nase
So dung kommen wir nicht mehr zusammen
›Landgeruch‹, sagt Mutti dazu

Ich komme aus der Ebene
Wo Pferdekoppel und Kuhweide
Mehr Quadratmeter haben
Als der Garten von Versailles
Nimm das, Sonnenkönig

Ich komme aus der Ebene
Hab' ich das schon gesagt
Hier wiederholt sich alles
Und man kann sich alles wieder holen
Wohin willst du auch weglaufen
Endlose Spielfläche
Wo man immer sieht
Wie wenig wir sind
Im Vergleich zu den Raben
Die im Abendrot kreisen
Oder auf den Armen
Einer Vogelscheuche
Rasten

Ich komme aus der Ebene
Wo Bäume Wälder bilden
Und die Welt wie Bilder wirkt
Weil wir Buntstifte spitzen
Wie Spechte ihre Schnäbel
Sie klopfen den Takt
In den Kopf der Eiche
In deren Mondschatten
Das braune Moos von grünen Wiesen träumt

Ich komme aus der Ebene
Von beiden Enden des Regenbogens
Der sich ohne Hindernisse ausstreckt
Schreib' das Wort Sehnsucht auf ein weißes Blatt
Roll' es zusammen
Bis es versteinert
Und du hast meine Knochen

Ich komme aus der Ebene
Wo nichts den Horizont stutzt
Wo man mit einem blauen Flügel
Die ganze Spannweite spürt
Ich bin ein Jet im Kornfeld
Lass mich fliegen
Raus aus dem Krieg
Zwischen Waden und Brennnesseln

Ich komme aus der Ebene
Wo wir lachen über die Bürger hoher Häuser
Die auf den Dächern stehen
Wie Antennen
Und sich im Lichtermeer nach den Sternen strecken
Weil sie den Lärm der Straßen
Und das Sirren der Steckdosen nicht mehr aushalten
Die mit den Fingern in den Ohren
Den eigenen Blutrausch hören
Wie eine getriebene Herde

Ich komme aus der Ebene
Weit weg von der Stadt
Wo es noch ganz still werden kann

In der tiefsten Stunde der Nacht
Wenn es so dunkel ist
Dass Stadtkinder an Stromausfall glauben
Aber wir hatten eben nie einen Stromanfall
Die Finsternis ist so tief
Dass das Schwarz schon ins Purpur kippt
Und wenn man dann ganz leise ist
Und den Atem anhält
Dann
Hört man immer noch nichts

Ich komme aus der Ebene
Die Sonne macht einen weiten Bogen über uns
Die soll sich mal nicht so aufspielen
Die soll mal runterkommen
Wenn sie was will
Wir wedeln drohend mit Brennnesseln
Wir halten die Leere aus
Weilen schon lange in der Weite
Das können wir
Denn flache Wasser sind tief
Und wenn Landschaften Limbo spielen würden
Hätten wir schon gewonnen

Die Uhr als Ventilator

Der Tag liegt auf dem Tisch
Mit einem Gesicht aus Zeitungspapier
Im Lächeln ein hohler Zahn
In dessen Innern ich sitze
Vor mir steht ein Becher Murmeln
Die wie ein Fluss rauschen
Und wie ein Rausch fließen
Wenn man sie auskippt
Und doch rollen sie nur
Wie Schwerkraft und Untergrund im Duett singen

Entlang der Zäune stehen die Kühe
Mit Blick auf die Landstraßen
Die heute leer bleiben
Denn das ist keine Luft
Die wir da atmen in den Großraumdenkfabriken
Scheuklappen aus den Deckeln alter Aktenordner schnitzen
Mit Taschenmessern in Händen aus Schulstunden

Die Uhr und der Ventilator
Unterscheiden sich nur durch die Drehgeschwindigkeit

Wir sind die Sprüche auf Kühlschrankmagneten
Gießen die Gummibäume
In deren Schatten sich Staubkörner darauf vorbereiten
Im Licht zu tanzen
Wenn der Vorhang der Pupille aufgezogen wird
Da ist Musik in meiner Schublade
Aber sie klemmt

Ich rolle eine Krawatte zum Fernrohr
Kugelschreiberminen wie Leuchttürme
Die Gischt schäumt aus den Faxgeräten
Ein Lachs lugt aus dem Laserdrucker

Mein Zeigefinger reicht bis zum Mond
Den die Krater wie Narben jucken
Wenn sie heilen
Wird auch er eine Glasmurmel sein
Vom Himmel rollen
Und im Meer versinken
So wie sein großer Bruder, die Sonne
Dessen Kleider er aufträgt

Meine Rippen sind angezogene Handbremsen

Angeleint sein

Fehlermeldung

Klick

Früher hab ich alles weggeklickt, jetzt möchte ich doch
   einen Problembericht senden

Klick

Vor langer Zeit habe ich mal einen Text über das Internet
   geschrieben, der hieß »Online sein«

Anfang 2007 war das, das ist in Internetzeit gerechnet
   120 Jahre her

Klick

»Online sein« wirkt heute regelrecht antik

Ein Text über das Internet

Aber es kommt kein Facebook drin vor, kein Smartphone
   und kein Twitter

Dafür StudiVZ und myspace

Damals bog sich das Publikum vor Lachen

Weil ich »LOL« sagte

Wenn ich heute ein Internetkürzel sage

Lacht man mich höchstens aus

Warum ist ein 37-Jähriger auch im Internet?

Ist mein Grammophon kaputt, oder was?
Klick

»Online sein« ist so alt, der kommt mittlerweile im
    Deutschunterricht vor
Kennen Sie hausaufgaben.de? Das ist so eine Copy-Paste-
    Seite für werdende Minister
Darauf fand ich eine vierseitige Interpretation des Textes,
    aus der habe auch ich noch viel über den Text gelernt
Lehrer zeigen den Text aber auch als YouTube-Video.
    Ich weiß das, denn die Kids hinterlassen Kommentare
Auch daraus habe ich viel gelernt
Z. B., dass ich schwul und behindert bin
Klick

Hauptsächlich geht es in den Kommentaren aber um das
    Ende des Textes –
Das geht so:
»Goerge Orwell hat einmal gesagt: ›Wer verstehen will,
    wie sehr Maschinen unseren Alltag bestimmen, der
    möge sich einfach mal umschauen.‹
Er schrieb dies 1937 – heute ist 1984
Ich bin online – sonst nichts.«
Da fragen sich die Kids natürlich:
»Warum sagt der Opfer, dass es 1984 ist? Den stimmt
    gar nicht! Ich hasse dem!«
Klick

Aber ich frage mich, ob das Ende des Textes vielleicht die
    einzige Stelle ist, die an Aktualität noch zugenommen hat

Denn in George Orwells Buch »1984« herrscht eine
  absolut undurchschaubare Regierung
Durch künstlich hochgehaltene Angst vor einer Terror-
  Organisaton rechtfertigt diese Regierung umfassende
  Überwachungsmaßnahmen
Sie predigt: »Unwissenheit ist Stärke« und
  »Die Erwägung von Widerstand ist ein
  Gedankenverbrechen«
Man überwacht permanent alle Bürger durch ein Gerät,
  das einen Bildschirm hat und eine Kamera
Dieses Gerät ist immer dabei und überall an – und alle
  liefern dadurch freiwillig ihr Privatleben
Kommt euch das bekannt vor?
Klick

Manchmal ist mir, als ob jemand das Buch als Anleitung
  fehlinterpretiert hat
Als ob jemand soziale Netze ausgeworfen hat –
  und wir sind die Fische
Als ob jemand versucht, uns durch ›Dschungelcamp‹
  und ›Mitten im Leben‹ auf Klötzchenlevel
  zurückzuverdummen
»Ich kenne alle Pokemon auswendig, treff aber beim Kacken
  die Schüssel nicht!« – Super
Klick

Manchmal ist mir
Als ob jeder, der Widerstand leistet, zur Strafe in
  den Transitbereich des Moskauer Flughafens
  eingesperrt wird – und zwar ohne Münzen für den
  Schokoriegelautomaten

Als ob irgendwer tatsächlich der Große Bruder werden
    will, der uns alle kontrolliert
Was weiß ich wer?
Die Freimaurer, Bilderberger, Illuminaten, NSA, CIA,
    KFC, BND, MFG, die Queen, der Vatikan, die
    Rothschilds, die Templer, Justin Bieber, Assassinen,
    New World Order, Chemtrails, Weltraumnazis, Angela
    Merkel, die allwissende Schildkröte, das fliegende
    Spaghettimonster, was weiß ich?
Klick

Das klingt alles super, vor allem, wenn man ein
    Hauptexportprodukt der Niederlande geraucht hat
Käse
Denn die Verschwörungstheorie ist Religion für Atheisten
An irgendwas muss man ja glauben
Klick

Freunde des Mysteriösen, Beschwörer des Bösen,
    lasst mich nervöse Verspannungen lösen
Es gibt kein Mastermind mit Masterplan,
    nur Marktschreier mit schiefem Blick auf Mastercards
An ihrer Leine ein allwissender Algorithmus, der dich,
    deinen Freundeskreis und deine Interessen berechnet
Fun fact: Wer derzeit ›Sebastian 23‹ auf Facebook liket,
    dem wird die Seite von Peer Steinbrück empfohlen
Wir sind einfach zwei Gewinnertypen
Klick

Alle machen irgendwas mit Medien, nämlich zugucken
Aber dahinter steht nicht der große Bruder, sondern
    der kleinste gemeinsame Nenner
Der Mensch will sein – und haben
Wir wollen alle alles kaufen können
Jeder jeden kennen können
Alles über alles wissen können
Alles erreichen können
Ohne vom Sofa aufzustehen
Und in HD

Heute ist 2016
Die Erwägung von Widerstand ist kein Gedankenverbrechen,
    sondern ein Facebook-Kommentar
»Widerstand ist swaglos«
Es gibt keinen Gefällt-mir-nicht-Button
Dafür gibt es die Revolution jetzt als App
Lad' dir Che Guevara aufs Smartphone
Und irgendwann macht es vielleicht
Klick

Teil 3
Lachmöwen im Landeanflug

»Humor ist der Knopf, der verhindert,
dass uns der Kragen platzt.«

(Joachim Ringelnatz)

Vom Leben und vom Schreiben

Paradox:
Seit ich anfing, vom Leben zu schreiben,
war es mir plötzlich möglich,
vom Schreiben zu leben.

Gesprochene Verbrechen

»Fümms bö wö tää zää.«

Um meine intellektuelle Seite hervorzukehren, zitierte ich gleich zu Beginn unseres ersten Dates eine Passage aus der »Sonate in Urlauten« des berühmten Dadaisten Kurt Schwitters.

»Uu, pögiff, kwii Ee.«

Mein Plan schien aufzugehen, Jana war sichtlich beeindruckt – sie starrte mich mit weit aufgerissenen Augen an.

Eigentlich hatte ich einen anderen Text von Schwitters zitieren wollen, den »Brief an Anna Blume«, in dem es heißt: »Anna, du bist von hinten wie von vorne A-N-N-A.«

Genial.

Im letzten Moment war mir allerdings aufgefallen, dass das mit dem Namen »Jana« so gar nicht funktioniert. Mir lag schon der Satz auf den Lippen »Jana, du bist von hinten wie von vorne so naja«.

Zum Glück habe ich das noch gemerkt und geistesgegenwärtig umgeschwenkt auf das andere Zitat.

Dates sind eigentlich nicht meine Stärke, aber diesmal wollte ich alles richtigmachen. Jana war nicht nur eine wunderschöne Frau mit feinem schwarzen Haar und kornblumenblauen Augen, sondern selbst auch eine Intellektuelle. Auf ihrem Profil auf elite-partner.de stand, dass sie sogar Abitur hatte.

Es war mir wichtig, eine Frau kennenzulernen, die wirklich was auf dem Kasten hatte. Und das war ganz offensichtlich der Fall, denn ihr Staunen war nun nahtlos übergegangen in ein sanftes Lächeln. Was für eine Frau. Clever und schön.

Jana lehnte sich zu mir rüber und fragte leise, aber bestimmt:

»War das Finnisch?«

Finnisch? Was für eine rückverdummte Unverschämtheit! Ich sah Jana fest in die Augen und sagte:

»Ja.«

Und dann zitierte ich einen weiteren berühmten Gelehrten, Hape Kerkeling:

»This is Finnisch, but not the end.«

Manchmal muss man eben auch bereit sein, flexibel auf die Gesprächssituation zu reagieren, besonders, wenn kornblumenblaue Augen im Spiel sind. Und so viel ist sicher: Wer viel Verkehr mit Wörtern hat, spielt leicht mit ihrem Sinn.

Ich habe mich schon als Kind für die Sprache interessiert. Anfangs war ich regelrecht verzweifelt, denn während man im Alltag entspannt sprechen konnte, schien bei genauerem Hinsehen nichts mehr einen Sinn zu ergeben. Es war fast, als würden die Wörter zu Verbrechern, wenn man sie erstmal auf die Goldwaage legte.

Gedichte, die ich als Junge schrieb, geben Zeugnis von meiner Verzweiflung:

»Niemand wird je in Kriegen was kriegen
Während wir in Wiegen am wenigsten wiegen
Niemals werfen Maulwürfe ihr Maul
Und keinem Gauleiter eitert der Gaul

Wir pflanzen uns fort ohne ferne Botanik
Es gab keinen Eisbergsalat auf der Titanic
Was gerade eben noch war, ist weder gerade, noch eben
Atmen bringt kein Geld, aber man kann davon leben«

Man merkt, ich war damals völlig durcheinander und ver-
sank im Sumpf der Wörter. Gut, das konnte auch daran
liegen, dass ich bereits als Kind eine herausragende Eigenschaft hatte: Ich war dumm.

Ich war überzeugt, ein Tollpatsch sei jemand, der besonders gut in eine Pfütze springen konnte.

Ich bin in der Schule gelegentlich wegen so etwas ausgelacht worden, besonders von Martin Hüser aus meiner
Parallelklasse. Das war natürlich gemein, aber ich bin ihm
nicht mehr böse, im Gegenteil. Ich grüße ihn immer ganz
freundlich, wenn er mir ein Big-Mac-Menü fertigmacht.

Man muss zugeben, ich hatte früher wirklich verquere
Ideen – damals glaubte ich, dass ein Föhn entsteht, wenn
man einen Ventilator und eine Pistole kreuzt. Lange hatte
ich die dementsprechende Frisur mit Loch.

Meist aber lagen meine Probleme eben an der irrefüh-
renden Sprache. Gute Güte, ich dachte als Jugendlicher,
dass Fahrstuhl das höfliche Wort für Durchfall sei. Ich
habe wirklich lange gelacht, als ich eines Montagmorgens
in der Schule hörte, dass Martin Hüser am Wochenende
zwei Stunden im Fahrstuhl stecken geblieben sei.

So führten mich die Wörter an der Nase herum, ohne meine Nase zu berühren. Es war zum Mäusemelken. Was auch immer das bedeuten sollte.

Es war ausgerechnet ein Urlaub in den Niederlanden, der die Wendung brachte. Wie sagt die Fliege in der Suppe: Man muss eben manchmal über den eigenen Tellerrand gucken.

Die Holländer gehen sehr lautmalerisch mit der Sprache um: »Zusammenstoßen« heißt zum Beispiel »botzen«. Das beschreibt den Vorgang doch viel besser: BOTZEN!

Und diese kleinen Hügel auf verkehrsberuhigten Straßen, über die man immer ganz langsam fahren muss, die heißen »Drömpels«, genau wie das Geräusch, dass die Stoßdämpfer machen, wenn man zu schnell drüberfährt: DRÖMPELS!

Am schönsten fand ich jedoch das Wort für Fahrrad. Das heißt in den Niederlanden »Fiz«, wie das Geräusch, dass sie beim Vorbeifahren machen: »FIZZZZZ«.

Noch besser ist das Wort für Mofa. Das heißt auf Niederländisch »Brommfiz«. Das Fahrrad, das brummt.

Eigentlich logisch, wenn man bedenkt, dass in dem Land Kiffen legal ist.

Wir haben viel gelacht in dem Urlaub. Und mir wurde klar: Man muss die Sprache nach der Welt formen und es nicht andersherum versuchen.

Janas Stimme riss mich aus meinen Tagträumen.

»Du, Sebastian, du scheinst ja ein netter Kerl zu sein, aber du hast jetzt seit fünf Minuten nichts mehr gesagt. Außer einmal ›Martin Hüser‹, gefolgt von einem seltsamen Kichern.«

Ich entgegnete schlagfertig: »... Oh.«

Jana wirkte genervt und stand auf.

Sie sagte: »Das ist kein Finnisch, aber das ist das Ende.«

Dann hob sie ihre Nase, drehte sich dramatisch um und schritt hinfort.

Erst jetzt sah ich es. Sie war von hinten wie von vorne so naja.

Faust 4

Da der Dichterfürst Goethe ja leider verstorben ist, kann er keine weiteren Teile seines epischen Werks »Faust« verfassen. Das ist bedauerlich. Also entschloss ich mich als junger aufstrebender Künstler, zu ignorieren, dass ich weder jung noch aufstrebend war. Stattdessen wandte ich mich der Aufgabe zu, weitere Teile von »Faust« zu verfassen. Hier nun also Teil 4 mit dem Untertitel »Faust ist sauer auf Fleurop«.

Da steh' ich nun, ich armer Tor
Vor Blutdruck rot wie'n Ofenrohr
Der Hals ist schon vor Wut gewellt
Ich hatte Blumen dir bestellt

Darauf stehen doch die Mädchen
Also dachte ich, das Gretchen
Hat bestimmt auch Tulpen gern
Das bringt mich zu des Pudels Kern

Bei Fleurop hatte ich geordert
Die offensichtlich überfordert
Statt Tulpen nur drei Chrysanthemen
So mickrig klein, ich muss mich schämen

Ich geh' doch nicht zu meinem Mäuschen
Mit so 'nem kargen Pseudo-Sträußchen
Da käme ich mir schäbig vor
Drum steh' ich noch vor ihrem Tor

Der Lieferant wollt' auch noch Geld
Vor Wut hab' ich ihn angebellt
Jetzt trag' ich links den Blumentopf
Und in der Rechten seinen Kopf

Dabei wollt' ich doch nur dein Herz
Statt Harmonie hab' ich nun Terz
Für's Happy End, dass wir verdienen
Kauf' ich das nächste Mal Pralinen

Politisch korechts

Vielleicht waren es die Nachwirkungen des Absinths, der immer noch wie ein grünes Irrlicht durch den Nebel seiner Gedanken geisterte. Eigentlich war Ahmed Oktay nach Prag gefahren, weil er sich die Karlsbrücke, die Burg und die schmalen Gassen des jüdischen Viertels ansehen wollte, durch die der Sage nach seit Jahrhunderten bei Nacht der Golem streift. Nun hatte ihm sein Fußballkumpel Andy aber groß und breit davon in den Ohren gelegen, dass er Prag nicht besuchen könne, ohne auch einen Absinth getrunken zu haben, weil der Wermutschnaps, dem eigene Wunderwirkung nachgesagt wird, nur hier »der echte Scheiß« wäre, wie Andy sich ausgedrückt hatte.

Wenngleich Ahmed sich daheim in Berlin zwar manchmal ein Bier genehmigte, hatte er bis dato meistens die Finger von hartem Alkohol gelassen. Doch der Versuchung der grünen Fee, die ihn von den Etiketten der Absinth-Flaschen anzulächeln schien, konnte er nicht widerstehen. Aus einem Schnaps waren zwei geworden, dann drei, dann sechs, dann vier – und spätestens da war klar: Seine Fähigkeit zu zählen, hatte nachgelassen.

Morgens war die Fähigkeit wieder da. Er zählte nach dem Aufwachen in seinem Hotelzimmer drei schlafende Nonnen, zwei kleinwüchsige Männer und eine Ziege in einem HSV-Trikot. Niemand davon kannte er, auch wenn die Ziege ihn milde an Andy erinnerte. Ahmed ließ sie alle schlafen, checkte aus dem Hotel aus und überließ das Problem dem Housekeeping.

Und jetzt, auf dem Heimweg nach Berlin, war der Kater zwar einigermaßen erträglich, aber sein Magen rebellierte, also beschloss er, knapp hinter der Grenze die A17 zu verlassen und kurz Rast zu machen, um durchzuatmen und vielleicht etwas zu essen.

Kurz hinter dem Ortseingangsschild von Pirna stellte er den Wagen ab, um sich zu Fuß auf die Suche zu machen. Nach ein paar Schritten fiel nicht er, sondern ihm auf, dass seine Schnürsenkel offen waren, und er kniete sich hin, um das Problem zu beheben. Als er wieder aufstand, hatten sich drei junge Männer direkt vor ihn gestellt.

»Ach, guck mal«, dachte Ahmed, »Nazis«.

Aber was für welche! Ahmed geriet fast ins Schwärmen. Diese Neonazis hier sahen voll retro aus, so wie Nazis in den Nineties. So richtig Springerstiefel, Nassrasur, Bäuche Marke Starkbierkur. Weiße Schnürsenkel, Bomberjacke, Thor-Steinar-Shirt. Die Nazis, die heutzutage in Berlin aufmarschierten, waren nie so hübsch zurechtgemacht, dachte Ahmed. Da musste man immer zweimal hingucken, ob das nicht doch ein Linker, ein Hipster oder ein Mitglied der Jungen Union war. Hier hingegen war sofort alles klar: Das waren Faschos. Andy hätte gesagt: »der echte Scheiß«.

Und richtig, schon stieß das Größte der Männchen, er

mochte gut und gerne zwei Meter von der Springerstiefelsohle bis zur Glatze messen, einen typischen Schrei aus: »Sieg Heil!«, rief er, gefolgt von einem langgezogenen Rülpsen.

»Gut gesagt, Langer«, kommentierte ein Kleinerer, der im Gegensatz zu seinen Kollegen einen Seitenscheitel und einen flügellosen Schnauzbart trug. In seinem Mund lauerten kleine spitze Zähne, in allen Farbtönen zwischen Ocker und Ebenholz. Der Karieshai schien der Leitwolf zu sein.

»Wen haben wir denn hier?«, fragte der Hai in Richtung Ahmed.

»Dit is' ein Ausländer«, rief der Lange, gefolgt von einem grimmigen Pupsen. Er schien seine Körperfunktionen durchzutesten.

»Ich glaube, das ist ein Kanacke«, fiepste ein korpulenter Dritter, der sich offenbar irgendwann mal die Hoden in einer Kühlschranktür eingeklemmt hatte. Zumindest klang seine Stimme so und er machte auch keinen wirklich glücklichen Eindruck.

Bevor Ahmed etwas sagen konnte, ergriff erneut der Hai das Wort.

»Das sagt man so nicht mehr!«, schnauzte er in Richtung des Dicken.

»Was sagt man so nicht mehr?«

»Na, das K-Wort«, erklärte der Hai.

»Welches K-Wort denn? Was ist denn ein K-Wort?«

»Na, das Wort, das mit K anfängt, das du grade gesagt hast!«

»Was soll die Scheiße«, fragte der dicke Fiepser, »sind wir hier bei Glücksrad, oder was?«

»Vielleicht meint Ronny ›Kastanie‹«, mischte sich der Lange ein, doch diesmal entwichen ihm keine Dämpfe.

Der Hai, der offensichtlich Ronny hieß, warf dem Langen einen giftigen Blick zu.

»Nein, ihr Trottel! Ich meine das K-Wort, das sich auf Baracke reimt!«

Das Gesicht des Langen hellte sich auf und Ahmed sah das erste Mal einen lächelnden Nazi.

»Ich möchte lösen«, rief der Lange, »Kacke!«

»Nein«, entgegnete der Dicke, »ich glaube, er meint Krankenakte.«

»Oder Katzenklappe.«

Ronnys Kopf begann rot anzulaufen.

»Ich meine Kanacke! KANACKE!«, schrie er.

»Ach so«, nickte der Lange, »da wäre ich jetzt nicht drauf gekommen.«

»Und wieso sollte man das nicht mehr sagen?«, wollte der Dicke wissen.

»Ja, man sagt jetzt K-Wort, weil das andere politisch nicht korrekt ist. Das diskriminiert den Ausländer hier.«

»Was soll das denn heißen? ›Politisch korrekt‹? Am Arsch! Wenn du nicht einmal mehr Ausländer diskriminierst, bist du ein ganz schlechter Rassist. Du bist ein ganz schlechter Rassist!«, schimpfte der Fiepser. Mittlerweile war er derjenige, der wütend geworden war.

»Nein, du bist ein schlechter Rassist, wenn du dich hier immer danebenbenimmst. Ist doch kein Wunder, dass bei uns keiner mehr mitmachen will.«

»Wenn wir keine Ausländer mehr hassen, wobei sollen die Leute denn dann mitmachen?«

»Stell dich doch nicht doof«, schimpfte Ronny zurück,

»wir könnten ja auch mal was Schönes machen, was trotzdem noch irgendwie rechts ist. Eine Wanderung durch die Heimat. Oder wir pflanzen eine deutsche Eiche.«

»Das ist doch nicht rechts! Wir sind doch keine Förster, wir sind Faschos! Wir haben Ausländer zu hassen und Kanacken zu klatschen.«

»Das heißt K-Wort!«

»Ich klatsch doch hier kein K-Wort, du I-Wort!«

»I-Wort?«

»IDIOT!«

Kurz bevor der Hai und der Dicke sich an die Gurgel gehen konnten, mischte sich erneut der Lange ein.

»Kommt mal runter jetzt. Vielleicht brauchen wir einen Kompromiss. Wie wäre es, wenn wir die Ausländer weiter hassen, aber nicht mehr diskriminieren.«

»Wie soll das gehen?«, fragte Ronny entrüstet.

»Nun, wir hassen die Ausländer und hauen ihnen aufs Maul, aber wir achten darauf, uns dabei gewählt auszudrücken. Dann erreichen wir unsere Ziele, aber kommen dabei nicht immer so unsympathisch rüber.«

Ronny und der Dicke sahen sich an und atmeten einen Moment lang durch. Dann nickten sie.

»Okay, okay, so können wir es vielleicht machen. Dann lass uns doch jetzt mal diesen jungen Menschen mit Migrationshintergrund aus dem Morgenland ordentlich umwemmsen.«

»Einverstanden«, piepste der Dicke und freute sich sichtlich darauf, endlich mit den Fäusten zu sprechen.

Aber er hatte sich zu früh gefreut. Ahmed war schon vor fünf Minuten gegangen.

»Alles wegen deiner Sprach-Scheiße!«, schrie er Ronny

an, als er dies bemerkte, und dann ließ er seine Fäuste doch noch sprechen, aber halt nicht gegen das K-Wort, sondern gegen Ronny und den Langen.

Ahmed saß längst wieder im Auto. Sein Bauchschmerz war verflogen und er sah lächelnd in den Sonnenuntergang. Er würde die Nazis in Berlin in Zukunft »N-Wort« nennen. Alles andere wäre ja diskriminierend.

Unken ist Silber

Manchmal ist der Regen Trumpf
Für Menschen mit nem trägen Rumpf
Bin, weil mir Regen passt, flaniert
Auf Pfaden, die nur fast planiert

Und so entstanden Pfützengraben
Ekelhaft und Grützenfarben
Nicht gerade der Trumpf für Socken
Die bleiben in dem Sumpf nie trocken

Ich stand wie Herden zahmer Omas
Ratlos vor 'nem Amazonas
Ende fortgesetzter Wege
Schicksal, mit gewetzter Säge

Setzt du an, an meinem Ast
Ich Segler ohne einen Mast
Straßenbaugott, teere Meilen!
Moses, komm her, Meere teilen!

So konnte ich die Flut nicht queren
Betete mit Glut zu Fähren
Doch keiner war zum Retten nah
Meistens sind die Netten rar

Ein Frosch kam über die Lache gesprungen
Das wär mir nicht schöner mit Sprache gelungen
Ich blieb der Depp, der mit Goethe-Kraft
Gut gereimt, doch voll Neid auf die Kröte gafft

Von Norden schwebten Schwalben her
Ach, wär das Fliegen halb so schwer
Ach, wäre das so leicht wie Reimen
Schicksal, echt, es reicht mit Leimen

Schon fragt sich der Verfasser wo-
her kommt dieser Wasserfloh
Der schnell über die Flächen zieht
Als ob er nach dem Zechen flieht

»Wie läuft der auf der Flüssigscheiße?
Das finde ich nicht schlüssig, weiße!«
Schon kommt mit Macht ein Bernhardiner
Der lag nicht wie sein Herr darnieder

Der Hund, auf ungeschütztem Pfad
Fast war es um die Pfützen schad
Der schnellte einfach querfeldein
Und sein Fell, das ferkelt ein

Dann stand an jenem Binnenmar
Wieder ich Depp, der Minnen bar
Auch wenn ihr gerade keiner seid
Im Regen droht die Einsamkeit

Wird man erst durch das Wetter nass
Fragt man gleich viel netter, was
war der Öko-Klima-Schar
schon lang vor Fukushima klar?

Es wird nicht nur auf Erden wärmer
Und arme Länder werden ärmer
Ozon fehlt uns vor Strahlen als Wand
Was ist mit all diesen Walen am Strand?

Wir können nur noch Feinstaub atmen
Im Glashaus fliegt der Stein auf Arten
Viele davon sterben aus
Wir zeugen Straßen, erben Staus

Errichten wir neuerdings jeden Tag Schlote
Fordert Natur dann mit jedem Schlag Tote
Sehn das im Fernsehn und gamen daneben
Leben ist schließlich ein Geben und Nehmen

Egal, ob du jetzt schmollst und chillst
Weil unter Knut die Scholle schmilzt
Du glaubst, weil du jetzt grad so wanders
Alles passiert ganz woanders

Ihr glaubt, wohin ihr euch begebt
Hier hat es ja noch nie gebebt
Doch eins ist auf dem Zeitstrahl sicher
Manchmal ist das Schicksal Stricher

Die Wandelzeichen, sie fangen an
Der Zeichenwandel hat angefangen
Nicht ich nur seh die Lichter, nein
Bin an der Pfütze nicht allein

Wir alle stehen dort im Schauer
Der ist nicht grade short von Dauer
Ob böser Riese, netter Wicht
Keinen trifft das Wetter nicht

Doch manchmal ist der Regen Trumpf
Für Menschen mit nem trägen Rumpf
Wir sind zum Stillstand nicht gewebt
Wird Zeit, dass jemand sich bewegt

Der Unrat der Sprache
(Eine Cover-Version von »Rat der Sprache« von Sulaiman Masomi)

In der fernen Galaxis Gutenberg lag ein Planet namens Duden, der die Heimat aller Wörter und Wendungen war. Am Himmel zogen weiße Zettelwolken, aus den Kaminen stiegen Fragezeichen und in den verwunschenen Gassen der Hauptstadt tummelten sich zwischen den alten Sprachwerkhäusern Sätze, Redewendungen und Ausdrücke.

Doch eben dort, inmitten all des gesprochenen und gelesenen Glücks, lag in einer dunklen Ecke am Rande einer wenig beachteten Kloake der Unrat der Sprache. All die Wörter und Sätze, die keiner mehr wollte; all der sprachliche Schrott wurde hierhin geschmissen und geschissen, um im ewigen Dämmerlicht zu vergammeln.

Im Halbschatten eben dieses Dämmerlichts erklang eine Fanfare und drei seltsame Gestalten betraten ein Podium, inmitten des schimmeligen Haufens. Es war das Triumvirat des Unrats, das dort auf die Empore stieg – die drei berüchtigten Anführer des sprachlichen Abschaums bezogen Stellung hinter ihren Podesten!

Auf der linken Seite der Gangsta-Rap, zur rechten Hand die Kommentarfunktion von Facebook und in der Mitte

positionierte sich der neue Emporkömmling und 1. Vorsit-
zende des Unrats: Ich, Sebastian 23, oberster Verhunzer
des Satzbaus und Träger des goldenen Plakette des Or-
dens der gescheiterten Genitivkonstrukts.

Mein Blick schweifte über die abscheuliche Menge, die
sich da zusammengerottet hatte.

»Meine sehr abscheulichen Freunde! Ich habe euch
alle zu dieser Dringlichkeitssitzung gerufen, weil viele von
euch besorgt sind und wir eine wichtige Sache besprechen müssen. Bringt ihn herein!«

Zwei Anbagger-Sprüche rissen das Hauptportal auf und,
gestützt von einer unpassenden Bemerkung, trat der tod-
kranke Deine-Mudda-Witz in den Saal.

Ein Raunen ging durch die Menge.

Ich fuhr fort:

»Die meisten von euch haben schon mitgekriegt, dass
der Deine-Mudda-Witz im Sterben liegt, und ich weiß,
die Angst geht in euren Reihen um. Keiner weiß, wer der
Nächste sein könnte und inwiefern sich unsere Welt verändern wird. Wir, der Unrat der Sprache, haben uns aus
diesem Grund zusammengefunden. So können wir am
besten unsere Lage besprechen und die weitere Vorge-
hensweise verstimmen. Ich bitte um Wortmeldungen.«

»Wie ist diese verfickte Hurenscheiße denn passiert?«,
rief die unflätige Beleidigung.

»Ja, wie das denn? Wer daran schuld?«, rief das vergessene Verb.

»Deine Mudda ist daran schuld«, hüstelte der Deine-
Mudda-Witz aus seinem Rollstuhl.

»Nur Chuck Norris kann deine Mudda hochheben«,
rief der Chuck-Norris-Spruch.

Ein Tohuwabohu brach im Plenarsaal aus und alle Vertreter riefen chaotisch hinein.

Der Gangsta-Rap stand langsam auf, wobei seine Goldketten klimperten, und erhob mit seiner dunklen Stimme das Wort:

»Ich komm von der Straße, Alter, wie ein Kopfsteinpflaster

Opfer, haltet eure Fresse, sonst braucht der Kopf ein Pflaster

Ich ficke euch am Mic, wenn ihr durcheinander battlet

Also einer nach dem andern, weil die Bitch sich sonst verzettelt!«

Die Teilnehmer verstummten und als Erster ergriff die Verschwörungstheorie das Wort:

»Also ich glaube, dass die ganze Sache von langer Hand geplant war. Die geheime Weltregierung besteht aus Echsenmenschen, die mithilfe von bewusstseinsminimierenden Drogen im Trinkwasser und in den Kondensstreifen der Flugzeuge die Bevölkerung unterjochen. Wir sollen alle Sklaven werden und der gesamte Planet soll per Terraforming bereitgemacht werden für die Invasion der Hirnsauger, die demnächst bevorsteht.«

Der Facebook-Kommentar entgegnete:

»Schwachsinn! Es weiß doch jeder, dass die geheime Weltregierung in Wirklichkeit aus Hühnermenschen besteht!«

Sein Bruder, das Internetkürzel, fügte hinzu:

»LOL! ROFL! WTF! EPIC FAIL! AMK!«

»Nicht sauber er spricht! Verständlich er nicht ist! Darum der Mudda-Witz stirbt«, rief von weiter hinten Meister Yoda.

»Das ist wirklich wunderbar,

die Omma wird nun siebzig Jahr,

der Mudda-Witz, das ist doch klar,

ist ziemlich alt und bald nicht mehr da«, entgegnete das Zweckreim-Massaker mit gebrochenem Versmaß.

»Nein, nein! Nein! NEIN! NEIN! NEIN!«, verneinte der Geist, der stets verneint.

»Bist du eigentlich der Geist, der stets verneint?«, fragte da der Besserwisser.

»Nein«, antwortete der Geist und fügte dann hinzu: »Ach, verdammt.«

»Deine Mudda ist so fett, dass die Milch zur Mayo wird«, röchelte der Mudda-Witz. Er war wirklich schwach.

»Darf er das? Darf er das?«, hörte man von unten Chris Tall, der auf eigenen Wunsch gemeinsam mit seinem Niveau unter einem Gullideckel lebte.

»Das sind alles die Ausländer schuld!«, riefen da plötzlich zwei Nazis.

Keine Ahnung, wer die hier reingelassen hatte.

Die Nazis wurden vom Gangsta-Rap weggedisst. Wieder herrschte ein Durcheinander im Saal. Die Facebook-Kommentar-Funktion schlug mit dem Holzhammer mehrmals lautstark auf den Like-Button und rief:

»Ruhe im Saal! Sonst zeige ich euch den Schweigefuchs!«

Sofort war es mucksmäuschenstill, denn vor dem Schweigefuchs hatten alle Angst – er war das mächtigste Raubtier des Planeten Duden.

Der Anglizismus erhob als Erster wieder das Wort:

»Kann es sein, dass ihr Whackos voll nicht den Flava checkt? Merkt ihr nicht, wie fake das alles hier ist, was ihr hier so spittet? Manche Loser können halt keinen tighten Style appreciaten!«

Der Neologismus stand ihm bei:

»Ey, YOLO! Jetzt mal Schluss mit dem Shitstorm hier! Der Mudda-Witz ist voll sick und braucht Support!«

»Der Mudda-Witz stirbt, denn er geht …

ATEMLOS DURCH DIE NACHT

BIS EIN NEUER TAG ERWACHT!«,

sang da plötzlich Helene Fischer, die beste Freundin des Zweckreim-Massakers.

Da wurde es mir langsam zu bunt. Als Anführer des Sprachverfalls erhob ich mich und meine mächtige Nase funkelte im Licht der untergehenden Sonne des Abendlandes. Mit wuchtiger Stimme und nur ganz leicht angenuschelt verkündete ich:

»Maul jetzt, ihr Pimmelberger! Ich rasier euch mit Schampoo! Amina Koyim! Ich rette den deine Mudda-Witz jetzt im Alleingang, ihr scheiß Hamburger!

Deine Mudda ist so hässlich, dass deine Augen zu Rosinen verschrumpeln. Deine Mudda ist so fett, dass ihr Bauchnabel nebenher als Fritöse arbeitet. Deine Mutter rennt durch die Savanne und reißt Antilopen! Deine Mudda hat Bingo-Verbot, weil die die Kugeln aufgelutscht hat! Deine Mudda ist beim Poetry Slam und liest aus dem Telefonbuch vor!«

Während ich sprach, öffnete sich die Wolkendecke und ein einzelner Sonnenstrahl fiel auf den Mudda-Witz. Seine Augen glänzten, er atmete tief ein, sprang aus dem Rollstuhl und rief:

»Ich bin geheilt! Gepriesen sei deine Mutter! LOL!«

Die Dudenbuche

An der alten Dudenbuche
Wo die Worte Dasein fristen
Endet meine lange Suche
Denn hier nisten Germanisten

Schau, wie sie die Bücher legen
Zärtlich sitzend sie ausbrüten
Aus den Büchern schlüpfen eben
Kleine Germanisten-Küken

Mit ganz kleinen Lesebrillen
Sieht man sie in ihren Nestern
Frische Bücherwürmer grillen
Und über Autoren lästern

Bis sie endlich flügge werden
Alsbald Flugbahnen beschreiben
Um an Schulen Schülerherden
Lust am Lesen auszutreiben

Clown des Grauens

Nur noch selten ist in den Straßen das Röhren und Knattern eines alten VW Käfers zu hören, und wenn doch, dann weiß man, dass am Steuer jemand sitzt, der sich die Mühe macht, eines dieser vom Aussterben bedrohten Fahrzeuge am Leben zu erhalten. Meist ist da Nostalgie im Spiel, oft sind es Sammler, aber in diesem einen speziellen Fall war das anders. Am lederüberzogenen Steuer saß ein Mann, dessen Beruf es quasi nicht zuließ, dass er in einem anderen Gefährt unterwegs war.

Nach seinem Empfinden gehörte der Käfer dazu, wie die rote Nase, die bunten Locken und die großen Schuhe. Das mochte nicht jeder seiner Kollegen so sehen, aber für Beppo war die Sache klar: Ein Clown in einem Opel Corsa, einem Volvo Kombi oder in einem Kleintransporter konnte gar nicht lustig sein.

Und so knatterte Beppo durch die Landschaft, von Auftritt zu Auftritt, nicht gerade selten unterbrochen von Pannen, aber dafür immer mit dem guten Gefühl, im richtigen Auto zu sitzen.

An dem Tag, von dem hier zu berichten ist, ertönte jenes unheilige Geräusch, das für ungeübte Ohren kaum hörbar war, für Beppo jedoch sofort klarmachte: Es war mal wieder so weit, eine Zylinderkopfdichtung war durch. Er nahm die nächste Ausfahrt, fuhr an die Grenze der nächstbesten Stadt, parkte den Käfer und beschloss, sich auf die Suche nach einer Werkstatt zu machen.

Nach ein paar Schritten hielt er inne und sah an sich runter. Er war bereits im Kostüm, wie üblich auf dem Weg zu Auftritten, das war seine Art, sich schon mal in Stimmung zu bringen. Jetzt jedoch zweifelte er daran, dass man ihn in einer Werkstatt ernst nehmen würde. Andererseits hatte er auch keine Lust, sich hier neben dem Ortseingangsschild von Pirna umzuziehen, also beschloss er, es drauf ankommen zu lassen.

Als er den Blick von seinen Klamotten hob und weitergehen wollte, bemerkte er drei junge Männer, die sich vor ihm aufgebaut hatten.

»Ach, guck mal«, dachte Beppo, »Nazis«.

Regelrechte Bilderbuchneonazis waren das, einer klischeehafter als der andere. Vorne stand ein kleiner mit Seitenscheitel und Charlie-Chaplin-Bart, unter dem, inmitten eines schmallippigen Mundes, ein Rudel spitzer Zähne ihr knirschendes Unwesen trieb. Dahinter standen ein langer, eher schlaksiger Glatzkopf und ein übergewichtiger Klops, der sich dafür entschieden hatte, seine Kurven mit einer aufgeplusterten Bomberjacke nochmal zu überzeichnen. Diese Jacke trugen die anderen beiden allerdings auch; ebenso hatten alle drei Springerstiefel mit weißen Schnürsenkeln an – sie hätten sehr wohl eine Boygroup in Kostümen sein können. Aber vermutlich bestand ihre einzige Choreografie aus dem Heben des rechten Armes.

Und richtig, schon stieß das Größte der Männchen, er mochte gut und gerne zwei Meter von der Springerstiefelsohle bis zur Glatze messen, einen typischen Schrei aus: »Sieg Heil!«, rief er, dann stolperte er aus dem Stand und hielt sich scheinbar nur mit Mühe auf den Füßen. Als er sich wieder gefangen hatte, schob er ein gezischtes »Scheiße« hinterher. Dann zog er eine Banane aus seiner Hosentasche und begann, diese schmatzend zu verzehren.

»Wen haben wir denn hier?«, fragte der Spitzzahnige, der Beppo bei genauerer Betrachtung an einen Hai erinnerte.

»Dit is' ein Ausländer«, rief der Lange mit vollem Mund und immer noch bedenklich schwankend wie ein Grashalm im Stahlsturm.

»Das ist aber ein seltsamer Ausländer, Sören! Wo sehen die denn so aus?«, fiepste der korpulente Dritte, der offenbar irgendwann mal von einem Elch in den Unterleib getreten worden war. Zumindest klang seine Stimme so und er machte auch keinen besonders fröhlichen Eindruck.

Der lange Sören ließ seine Bananenschale fallen und musterte Beppo intensiv. Dann schaute er zum kleinen Rudelführerhai, als ob von ihm eine Antwort zu erwarten sei. Der Hai nahm den Blick wahr, zuckte jedoch nur mit den Schultern und musterte den Clown ebenfalls vom grüngelockten Scheitel bis zur großen, großen Sohle. Der Dicke bohrte derweil in der Nase. Die Luft knisterte vor Spannung. Es schien eine Ewigkeit zu dauern, bis endlich wieder jemand etwas sagte. Es war der kleine Hai, der das Wort ergriff.

»Er hat sehr große Füße.«

»Jo, Ronny, stimmt«, bestätigte Sören, »mindestens Schuhgröße 67.«

»Wo haben die denn so große Füße und grüne Haare?«, fragte der Dicke.

»Paraguay?«, entgegnete Ronny, aber mehr als Frage formuliert.

»Wie kommst du denn auf Paraguay?«, wollte der Dicke wissen.

»Keine Ahnung, Dirk, ich weiß nix über Paraguay. Deswegen dachte ich, es könnte sehr wohl sein, dass die da so aussehen.«

»Nee«, fiepste der Dicke, der offenbar Dirk hieß. »Die Visagistin von meiner Patentante kommt aus Paraguay, die hat schwarze Haare.«

»Die Visagistin deiner Patentante?«

»Jo.«

»Welche Schuhgröße hat sie?«

»Woher soll ich das denn wissen?«

»Vielleicht hat der hier sich die Haare gefärbt«, überlegte Ronny laut.

»Der ist nicht aus Paraguay! Wenn du das nicht erkennen kannst, bist du ein ganz schlechter Rassist. Ein ganz schlechter Rassist bist du!« Der Dicke redet sich langsam in Rage.

»Nein, du bist ein schlechter Rassist, weil deine Patentante eine Ausländerin als Visagistin hat.«

Beppo hatte den Eindruck, den Moment verpasst zu haben, den Herren mitzuteilen, dass er in Cottbus geboren und aufgewachsen war. Kurz bevor sich Ronny und Dirk an die Gurgel gingen, schritt der lange Sören ein.

»Moment mal, Männer. Es könnte auch sein, dass der Typ komplett verkleidet ist. Schaut doch mal, diese rote runde Nase. So was haben normale Leute doch nicht.«

»Normale Leute haben auch keine Schlitzaugen oder schwarze Haut«, kommentierte Ronny, mehr, um zu unterstreichen, dass er sehr wohl ein Rassist war.

Der Lange ignorierte ihn. Ein Lächeln huschte über sein Gesicht und er fuhr fort:

»Ich hab's, Freunde. Das ist ein Clown. Der zieht sich nur zum Spaß so an! Der ist witzig!«

»Woran erkennst du das denn?«, wollte der Dicke wissen.

»Na, schau doch nur, er hat ganz auffällige Schuhe, er trägt Kleidung, die sonst kein Mensch auf der Straße tragen würde, er ist geschminkt und hat eine komische Nase …«

»Das trifft alles auch auf dich zu«, grinste der Dicke hämisch.

Der Lange wusste sofort, worauf er hinaus wollte.

»Ich hab dir gesagt, dass das keine Schminke ist. Das war nur ein Abdeckstift. Ich kann doch für meine Akne nichts! Mann, echt, deine Patentante hatte versprochen, nichts zu verraten«, verteidigte er sich.

»Männer, Männer«, sprang Ronny ein. »Reißt euch zusammen. Keinen Streit vor dem Ausländer. Benehmt euch deutscher!«

Der Dicke reagierte umgehend, indem er den Hitlergruß machte. Der lange Sören streckte den rechten Arm ebenfalls aus und wollte sich dazu gerade hinstellen, rutschte aber auf seiner Bananenschale aus und fiel rücklings zu Boden. Dirk drehte sich zu ihm um, vergaß aber, den rechten Arm einzuziehen und schlug Ronny mit Wucht vor den Hals, worauf dieser ebenfalls zu Boden ging.

Beppo hatte sich lange zurückgehalten, aber nun brach er in schallendes Gelächter aus.

Doch Ronny und Sören standen schnell wieder auf, Dirk zog den Arm ein und die Stimmung war plötzlich ganz finster. Beppo blieb das Lachen im Halse stecken – die drei Nazis schritten mit geballten Gesichtern und Fäusten auf ihn zu.

In diesem Moment stiegen aus dem VW Käfer, einer nach dem anderen, 17 weitere Clowns. Dirk, Sören und Ronny hielten inne und starrten mit offenem Mund auf den Pulk, der sich vor ihnen bildete. Beppo atmete durch, griff in seine Tasche und zog eine rote Clownsnase hervor. Er hielt sie den Dreien entgegen.

Doch die Nazis verstanden weder Humor noch Mathe und suchten ihr Heil in der Flucht.

Ex und Hopp
(Ein Text mit hundert Exen)

Ich such' jetzt kein' Satz mit X,
    ich such' einen Satz mit Ex
Und ich steh' auf solche Tricks,
    also schreib' ich einen Text
Als Exempel für Experten,
    als ein Ex-Experiment
Im Takt verpackt bis zum Exzess,
    in dieser Form nicht existent
Lehn' an der Box und trink' ein Becks,
    denn ich hab' Bock und ich bin back
Manche hopsen hier zu Tracks,
    and're glotzen nur perplex
Manche protzen mit 'nem Text,
    so als strotzten sie vor Sex
Doch sie floppen so perfekt
    wie ein Sohn von Ochsenknecht

Ich drop' nur ein paar Gags
    und ich frage dann: »What's next?«
Ich brauch' Action so wie Jackson
    und ich flachse aus Reflex

Und ich flexe nur aus Flachs,
    gib mir 'ne Kerze und ich wachs'
Gib mir 'nen Kurzen und ich ex',
    denn ich stehe auf Extrakt
Aus exotischem Gewächs
    und ich mag es gern exakt
Betreib' es wie 'ne Wissenschaft
    und das stets gewissenhaft
Nick' im Takt vom Metronom,
    hier sind tausend Klicks 'n Klacks
Meine Waffe ist die Feder,
    so wie bei 'ner Kissenschlacht

Ich bin Exhibitionist,
    wenn ich explizite Zeilen zeige
Alter im Express,
    weil ich auf Zugreisen zu Greisen neige
And're haben eine Rolex,
    ich hab' nicht mal Zeit
Geklaut, doch bleibt der Ehrenkodex,
    dass sich hier alles reimt

Wenn ich's fortsetz', wirbelt Wortwitz
    wie ein Vortex durch den Kortex
Dicht wie Goretex oder Latex,
    wenn der Klartext zu 'nem Sport wächst
Doch ich bin jetzt auf dem Index,
    weil du nix, nicht mal ein Wort, checkst
Von dem Content in dem Kontext
    ist das Konzept wohl zu komplex
Also komm jetzt:

Explosive, exquisite Extrabonus-Sexmaschine
Exorzisten, Extremisten, Exmatrikel, Expertise
Exponate, Exegese, exklusive Echsenarten
Expressiv extrem, externe, exhumierte Exemplare

Kurz vor Schluss
Ein Hexenschuss
Zum Exodus
Zum Exitus

Da war'n schöne Reime drin
Es ergibt zwar keinen Sinn
Aber ist ja nicht so schlimm
Danke, eure Exfreundin

Logischer Beweis

Facebook. Der Windkanal für Undurchdachtes mit kurzer Halbwertszeit.

So ist das heute. Es kommt ein Thema auf und schnell bellt jeder seine Meinung in den leeren Raum, wo diese eine Weile widerhallt, bis sie als Echo verschallt ist. Aber kaum einer denkt die Dinge zu Ende.

Ich hingegen, in meiner Eigenschaft als Supergrübler, habe gründlich gegrübelt. Auch, und insbesondere, über krasse Sachen. Z. B. Terrorismus. So bin ich drauf.

Ich habe dabei festgestellt, dass der Terrorismus auf zwei Szenarien hinausläuft. Entweder erreicht er irgendwann sein Ziel (zum Beispiel: Alle werden Salafisten, alle werden Faschos, alle werden Helene-Fischer-Fans). Dann braucht es keine Terroristen mehr und der einzige Weg, um an 72 Jungfrauen zu gelangen, ist der Besuch katholischen Klosters.

Oder der Fakultät für Ingenieurswissenschaften.

Die Alternative, das zweite Szenario, auf das Terrorismus hinauslaufen kann, ist das Scheitern des Terrorismus.

Gut möglich, dass eine terroristische Vereinigung ihr Ziel nicht erreicht, weil sich die Gesellschaft von den

Drohgebärden nicht einschüchtern lässt. Oder umgekehrt, weil sich die Terroristen z. B. von Amerikas Drohgebärden einschüchtern lassen.

Sollte das zweite Szenario zutreffen, dann wird es logischerweise irgendwann kurz davor so weit sein, dass es nur noch einen Terroristen gibt. Den einen, der noch übrig ist, wenn sich alle anderen selbst oder gegenseitig in die Luft gesprengt haben. Oder abgehauen sind.

Den einen letzten Terroristen.

Diesen letzten Terroristen, nennen wir ihn Uwe, stelle ich mir als richtig traurige Figur vor. Nicht unbedingt, weil alle seine Freunde tot sind und außer ihm niemand seine Überzeugungen teilt. Das ist schon scheiße, wenn dir keiner glaubt.

Mir ist mal eine Zigarette runtergefallen und genau auf dem Filter aufrecht stehengeblieben. Es war aber niemand in der Nähe und als ich davon meinen Freunden in der Grundschule erzählte, glaubte mir niemand. Das war schon eine doofe Situation und da ging es nur um das ausgebliebene Kippen der Kippe.

Wenn ich mir jetzt vorstelle, ich trage so ein komplettes Weltbild mit mir rum, das jeder andere Mensch auf der Welt für dummen Unsinn hält – das muss schon nerven. Wobei es mich jetzt auch nerven würde, wenn ich ein Weltbild hätte, von dem ich nur die letzten Dorftrottel überzeugen kann, die dafür jeden Montag mir mir durch Dresden marschieren würden. Aber gut.

Zurück zum letzten Terroristen.

Das eigentliche Dilemma ist ja jetzt, dass der Terrorist quasi im Patt steht. Es ist kein Zug mehr möglich. Sprengt er sich in die Luft oder läuft Amok, reißt er noch ein paar

Unschuldige mit – aber danach gibt es keinen Terroristen mehr und damit ist sein Ziel auch ausgelöscht.

Ohne Terrorist gibt es kein Warum nach dem Bumm.

Sprengt der letzte Terrorist sich hingegen nicht in die Luft, sondern bleibt am Leben, damit es seine Überzeugungen weiterhin gibt – dann ist damit der Terrorismus auch beendet und ebenso nichts erreicht. Der letzte Terrorist zu sein, ist mithin eine ausweglose Situation. Daraus folgt: Nur ein Terrorist ist gleich kein Terrorist.

Behalten wir diese Erkenntnis als Dilemma im Hinterkopf und stellen uns Folgendes vor: Bevor es nur noch einen Terroristen geben wird, muss es zwei gegeben haben. Bevor Uwe ganz alleine da war, gab es noch Jochen. Wenn Jochen nun also sagt: »Du, Uwe, die Chicken Nuggets sind eh alle, ich gehe mich jetzt mal in die Luft sprengen«, dann muss Uwe doch reagieren und auf das dadurch entstehende Dilemma hinweisen. Es ist nämlich schon Jochens potentieller Abgang, der Uwes Situation ausweglos machen würde – denn nur ein Terrorist ist gleich kein Terrorist.

Somit darf sich Jochen aus logischen Gründen auch nicht sprengen, also gilt: Zwei Terroristen sind gleich kein Terrorist.

Wenn man das etwas weiterdenkt, gilt das konsequenterweise auch für drei oder vier oder hundert oder tausend Terroristen.

Aus rein logischen Gründen ist also jeder terroristische Akt, und damit jeder Terrorist, unmöglich. Außerdem kann man ja jederzeit neue Chicken Nuggets kaufen.

Also, denkt immer an Uwe und werdet keine Terroristen – sonst löst ihr euch aus logischen Gründen selbst auf.

Aprioritäten

(Im roten Salon eines beliebigen Châteaus. In gepolsterten Nappaleder-Lehnsesseln sitzen in gemütlicher Runde um einen Mahagonitisch herum ein paar fein bezwirnte Personen und schlürfen Cognac aus aufgesägten Affenschädeln.)

BARON BROCKSCHLOSS: »Freunde, es geht uns gut und das ist gut so.«

LADY SCHNATTERLICH: »Hört, hört!«

GRAF PRODOMO: »Gesalbt sei Eure Rede, verehrter Baron Brockschloss, Eure Zunge tanzt das anmutige Ballett der Wahrheit!«

BARON BROCKSCHLOSS: »Fürwahr! Jedoch deucht mich in letzter Zeit, dass es vielleicht gar nicht falsch wäre, ein wenig unseres Glücks zu teilen! Ich erwäge diesbezüglich ein wohltätiges Unterfangen!«

GRAF PRODOMO: »Schlägt Euer Herz im Takt der Tugend, so stimmt der Chor der Welt mit ein!«

LADY SCHNATTERLICH: »Rämmelämmedingdingdong!«

BARON BROCKSCHLOSS: »Ich dachte daran, mich als ersten Schritt öffentlich dagegen auszusprechen, dass so viele wohlhabende Menschen sich heutzutage gar nicht mehr gesellschaftlich engagieren. Wo bleibt denn da der Humanismus?«

GRAF PRODOMO: »Wie nun vertändelt der Habende sein Haben? Wie kann man sich nur so hart gönnen?«

LADY SCHNATTERLICH: »Sheeeeesh!«

BARON BROCKSCHLOSS: »Doch dabei soll es längst nicht bleiben! Ich veranstalte zudem ein Benefizkonzert mit gregorianischen Mönchsgesängen, dessen Erlöse für eine Plakatkampagne gegen Schleppnetzfischerei eingesetzt werden sollen.«

GRAF PRODOMO: »Naheliegend.«

BARON BROCKSCHLOSS: »Jedes Jahr verenden zahllose unschuldige Delfine in den Schleppnetzen der Ölsardinenindustrie. Dem muss Einhalt geboten werden!«

GRAF PRODOMO *(räuspert sich)*: »Ohne Zweifel, dem ist eine gewisse milde Grausigkeit nicht abzusprechen. Aber wäre es nicht wichtiger, sich gegen Walfang zu engagieren?«

BARON BROCKSCHLOSS: »Verehrter Graf Prodomo, wie rar gesät ist Widerspruch an dieser Tafel! So lasst mich fragen, wie Ihr darauf kommt?«

LADY SCHNATTERLICH: »WTF?«

GRAF PRODOMO: »Es ist doch selbst dem Blinden offenbar, dass Wale die majestätischeren Kreaturen sind, die Delfine bei Weitem an Größe übertreffen. Deroweil fordert es das enge Korsett der Logik von uns, die Tötung eines Wales als grausamere Tat einzustufen.«

BARON BROCKSCHLOSS: »Und was ist mit dem Adoptionsrecht für homosexuelle Paare?«

GRAF PRODOMO: »Das würde ich jetzt nicht als besonders grausam einstufen.«

BARON BROCKSCHLOSS: »So war dies auch nicht gemeint. Meine Bemerkung zielte auf den Einsatz für eben jenes Recht als vermutlich sogar noch wichtigeres Betätigungsfeld für unser humanistisches Engagement. Sollten wir nicht erstmal das Seelenheil unserer Mitmenschen retten, indem wir da für Gerechtigkeit sorgen, bevor wir ein paar Fische aus den Ozeanen retten?«

GRAF PRODOMO: »Guter Punkt. Auch wenn Wale keine Fische sind und eine Rettung aus dem Ozean sie sicher töten würde.«

LADY SCHNATTERLICH: »LOL.«

GRAF PRODOMO: »Jedoch müsste man zuerst gegen die Regierungen derjenigen afrikanischen Staaten protestieren, in denen christliche Fundamentalisten die Todesstrafe für Homosexualität durchgesetzt haben. Da scheint mir eine klare Priorität zu liegen, denn zunächst müssen unsere schwulen und lesbischen Freunde ja leben, bevor sie adoptieren können.«

BARON BROCKSCHLOSS: »Dem würde ich unumwunden zustimmen, wenn da nicht die Erderwärmung wäre!«

LADY SCHNATTERLICH: »Hot stuff!«

BARON BROCKSCHLOSS: »Ja, ich meine, es wird doch nicht mehr lange dauern, dann wird der menschgemachte Klimawandel diesen Planeten komplett unbewohnbar machen. Es ist ja jetzt schon quasi überall CO_2, sogar in unserer Atemluft. Und ohne Zukunft für die Menschheit macht es ja keinerlei Sinn, die Homosexuellen zu retten. Unser Engagement sollte also mit einer Demo für mehr Windräder vor einer lokalen Tankstelle beginnen!«

GRAF PRODOMO: »Das ist natürlich stringent gedacht, wie ein roter Faden in einem roten Pullover! Doch muss man dann nicht erstmal den internationalen Terrorismus bekämpfen, damit unsere Demo als große Menschenversammlung keine Steilvorlage für Selbstmordattentäter mehr ist?«

LADY SCHNATTERLICH: »Ich glaube, das geht zu weit!«

BARON BROCKSCHLOSS: »Ich glaube, das geht nicht weit genug! Um den internationalen Terrorismus effektiv zu bekämpfen, helfen uns ja keine Guantanamos und keine Sanktionen! Es gibt letztlich nur einen Weg, den wir da gehen können: Weltfrieden! Lasst uns friedlich vor der UN-Zentrale in New York eine Tasse Tee trinken, als Mahnmal und symbolische Forderung zugleich!«

GRAF PRODOMO: »Kann es denn einen Weltfrieden geben ohne Verteilungsgerechtigkeit? Die 62 reichsten Menschen haben so viel Geld wie die ärmere Hälfte der Menschheit zusammengerechnet – daran muss man etwas ändern, wenn man möchte, dass die Leute sich friedlich verhalten! Die Schere zwischen Arm und Reich geht immer weiter auseinander – lasst uns etwas dagegen machen, bevor sich jemand schneidet!«

LADY SCHNATTERLICH: »Make some money, bitches.«

BARON BROCKSCHLOSS: »Da stimme ich uneingeschränkt zu! Im Grunde sind aber doch Tierversuche noch grausamer. Ich meine, die Tiere werden unschuldig gefoltert, damit wir uns schön schminken können. In Anbetracht dieser Grausamkeit wäre der Untergang der Menschheit prinzipiell als das geringere Übel vertretbar.«

GRAF PRODOMO: »Und die Sache mit den Flüchtlingen?«

Baron Brockschloss: »Ihr wollt doch jetzt nicht Flüchtlinge mit Tieren vergleichen.«

Graf Prodomo: »Nur, solange Ihr die Ignoranz und die mangelnde Empathie der Mehrheit vergleichen wollt mit schrecklicher Folter im Auftrag der Kosmetikkonzerne.«

Baron Brockhausen: »Touché. Aber was machen wir denn da jetzt, wenn beide Sachen irgendwie gleich schlimm sind?«

Lady Schnatterlich: »Ist eine klassische Patt-Situation, würde ich sagen. Da kann man rein gar nichts machen, ohne gleichzeitig einen schweren Fehler zu begehen. Insofern lasst uns einfach unseren Cognac ausschlürfen und dann ein bisschen Playstation spielen und um 17:15 Uhr die Wiederholung von *Bauer sucht Frau* gucken. Aber nur ironisch.«

Baron Brockhausen: »Klingt nach einer fairen und sauberen Lösung. Prost.«

Kunst durch Sprache

Bildende Kunst in Sprache zu fassen, ist naturgemäß eine schwierige Aufgabe. Zumal keinesfalls jedes Bild mehr als tausend Worte sagt. Die meisten hängen nur schweigend da und starren den Betrachter an. Der Betrachter schweigt ebenfalls und starrt zurück. Das kann schon mal ein paar Stunden dauern.

Da fehlen einem einfach die Worte. Oder man kennt die Worte, aber ihre Bedeutung eben nicht. Ich habe ja selbst lange geglaubt, Expressionismus sei die Vorliebe für italienischen Kaffee in sehr kleinen Tassen.

Aber gut, meine Beziehung zur Sprache war schon immer gespannt. Das lag vermutlich daran, dass ich als Kind nie Zeichentrickfilme gucken durfte. Ich musste immer Latein lernen. Nie Zeichentrick, immer Latein. Ich habe wirklich lange geglaubt, Bambi sei der Plural von Bambus.

Ich war nicht immer die hellste Fackel im Gewölbe. Ich wollte ja lernen, aber das ging meistens schief. Einmal, nachdem ich ein besonders schwieriges Sudoku gelöst hatte, bemerkte ich, dass es sich um ein Kreuzworträtsel gehandelt hatte.

Eine gewisse Grunddoofheit ist ja erstmal kein Problem.

Aber als Jugendlicher hatte ich mich dann in ein Mädchen aus der Parallelklasse verguckt. Sie hieß Anna und sie roch nach den weißen Blütenbündeln des Traubenkirschenbaumes. Ich wusste von meinem Klassenkameraden Torben, dass Anna kunstbegeistert war. Also lud ich sie zu einem italienischen Kaffee in sehr kleinen Tassen ein.

Das klappte nur bedingt. Wenn ich sie wirklich beeindrucken wollte, musste ich einen Schritt weitergehen. Ich kaufte mir einen Stapel Bücher über Kunst und schloss mich damit zwei Wochen lang ein. So war das damals. Heutige Jugendliche würden sagen: Ich kaufte mir ein Internet und likte die Kunst auf Facebook. Der Effekt war ähnlich.

Am Ende hatte ich kein Wort verstanden, aber alle Wörter auswendig gelernt. Ich hatte keine Ahnung, aber konnte diese sehr gut ausdrücken. Ich war so eloquent wie inkompetent. Was ich erzählte, war die perfekte Fabula Rasa.

Um meine Fähigkeiten zu testen, erzählte ich meiner Mutter am Frühstückstisch etwas über Verwendung der polyvalenten Perspektiven im Kubismus. Bereits nach wenigen Minuten sank sie mit dem Gesicht in die Müslischüssel und man konnte sie sanft durch die Haferflocken schnarchen hören. Da wusste ich: Ich war gut.

Also nahm ich all meinen Mut zusammen und lud Anna ins Kunstmuseum ein. Sie willigte ein und ich konnte mein Glück kaum fassen. Als wir uns wenige Tage später unter den Kastanien vor der Tür des Museums trafen, war ich aufgeregt wie Rubens bei einem Weight-Watchers-Treffen. Mein Wissen über Kunst war zwar immer noch schmal wie eine Giacometti-Statue, aber ich würde mit meiner Fachsprache glänzen wie der Diamantenschädel von Damien Hirst. Anna lächelte mich an und nahm meine Hand.

Als wir das Museum betraten, zuckte ich kurz zusammen. Natürlich ging es in eine Sonderausstellung zum abstrakten Expressionismus. Anna sah mich fragend an, ich atmete tief durch und nickte leicht.

»Jackson Pollock«, sagte ich, versucht, Selbstsicherheit auszustrahlen. »Abstrakt und expressionistisch. Läuft bei ihm.«

Sie hob eine Augenbraue und mir war klar, ich musste voll in die Offensive gehen, um hier mit heiler Haut rauszukommen.

Ich führte Anna zur hässlichsten Statue, die ich entdecken konnte. Denn ein Grundsatz war mir klar: Je hässlicher das Kunstwerk, umso abstrakter und expressionistischer, also besser, musste es sein!

Im Brustton der Überzeugung begann ich also meine schwungvolle Rede:

»Augenfällig ist das koloristische Konzept dieser Statue. Für expressionistische Künstler ist es quasi archetypisch, subjektive Empfindungen bereits in der Farbwahl auszudrücken. Das in diversen Rottönen abgestufte Gesicht der Statue steht hier wohl für zerstörerische Hitze, aber auch schöpferische Wärme. Ebenfalls in der Wahl des Materials flüstert die bildimmanente Sprache eindringlich: unnatürlich glänzendes Plastik, das der Künstler wohl mit einem hochgetunten Bunsenbrenner verformt hat. Nicht etwa glatt ist die Haut, sondern voller Furchen, Schluchten und Untiefen! Dieser beinah pointillistische Pinselduktus! Ach, diese Formkorrespondenz! Wie die Kraterlandschaft eines riesigen roten Mondes, der knapp über dem Horizont hängt wie die Hoffnung auf einen neuen Morgen oder wenigstens eine alte Nacht.

Im komplementären Kontrast dazu die grüne Uniform der Figur, in der ich den Lenz locken und die Amsel trapsen höre. Und an den Kanten des violetten Hemdkragens scheint der Duft von Lavendel zu hängen und etwas Senf von der Bockwurst aus der Mittagspause.«

Ich merkte, dass ich abgedriftet war, also kam ich schnell zum Fazit:

»Alles in allem würde ich sagen: Die Statue ist superabstrakt und total expressionistisch.«

Anna sah mich lange an. Die Spannung schwebte in der Luft wie ein Kolibri.

»Das ist alles richtig«, sagte sie dann. Und fügte leise, aber bestimmt hinzu:

»Das ist allerdings keine Statue, sondern ein Museumswärter.«

Ich sah noch einmal auf die uniformierte Figur, dann wieder auf Anna.

»Nein!«

»Doch!«, entgegnete Anna.

»Nein!«, wiederholte ich.

»Doch«, entgegnete Anna.

»Aber die abstrakten Rottöne im Gesicht«, versuchte ich ein Gegenargument.

»Ich habe Bluthochdruck«, erklärte die Statue.

»Ach«, sagte ich.

Das war jetzt für uns alle eine unangenehme Situation.

»Vielleicht sollten Sie etwas weniger Bockwurst in der Mittagspause essen. Das wäre sicher besser für den Blutdruck«, schlug ich vor.

»Das sagt meine Frau auch immer«, nickte der Museumswärter.

Ich nickte ihm ebenfalls zu, sah zu Anna rüber und hoffte, sie würde mir nicht den Kopf abreißen. Sie jedoch stellte sich auf ihre Zehenspitzen, lehnte sich zu mir rüber und küsste mich auf die Stirn. Dann lächelte sie mich an, dass Mona Lisa vor Neid verblasst wäre.

»Du bist lustig«, sagte sie.

»Stimmt«, sagte der Museumswärter.

Wieder was gelernt, dachte ich.

Wir zogen noch ein bisschen durch das Museum. Ich bemühte mich weiterhin und identifizierte einen Feuerlöscher als Readymade, ein Gemälde von Mark Rothko als Warnschild und fragte eine Skulptur von Fernando Botero nach dem Weg ins Museumscafé. Anna kam aus dem Lachen nicht mehr raus, küsste mich und nannte mich ihren kleinen Kippenberger.

Ich hatte keine Ahnung, was das bedeuten sollte.

Aber man muss ja auch nicht immer alles interpretieren.

Der milde Westen
Für eine Handvoll Dinkel

Wo die Fassaden vor Jahren beschlugen
    vom graugrauen Atem des Schlots
Wo sich Betonberge himmelwärts türmen
    als Mahnmal des Fortschrittsgebots
Wo selbst die Weichen so hart sind wie Stahl
    und das ist nicht als Wortwitz gedacht
Wo sich der Dampf aus den Gullis erhebt,
    da ist Scheiße am Boden des Schachts

Wo man, wenn sich einmal Widerstand regt,
    gleich Gefahrenzonen errichtet
Wo man den Mensch, der in kein Förmchen passt,
    im Aktenregal unterschichtet
Wo sich Ablenkung vom eigenen Leid
    als Privatfernseh'n manifestiert
Wo eine Krähe 'ner anderen Krähe
    'nen Singvogelbraten serviert

Leben, umgeben von Neunzig-Grad-Winkeln,
    Menschen im steinernen Klotz
Wenn sie mal stillstehen, im Stau, wird gebetet
    und Frust der Name des Gotts

Geht da denn nichts mehr, ist alles zerfroren
    im Herzen der Monotonie?
Tottechnisiert, outgesourct und verlogigt
    in Vierviertel-Maschinerie?

Gibt es denn niemand, der Leben verändert,
    nur Engelmanns Katzengesang?
Lausche hinein in den Zeitgeist und wirklich,
    da ist noch ein anderer Klang
Klackert und klappert und klingt immer näher,
    da kommt doch was zu uns geschritten
Horcht doch, ein Wiehern, ist das Alice Schwarzer?
    Oder kommt da jemand geritten?

Tatsächlich, ein Pferd! Und vom Tritt seiner Hufe
    kriegt alter Asphalt erste Risse
Oben im Sattel, ein Hut, ein Revolver –
    ja, das sind doch Cowboy-Umrisse
Bleibt vor mir stehen und ruft: »Hey da, Fremder,
    wer bist du, was machst du hier, sprich!«
Cowboy guckt streng und ich weiß nichts zu sagen,
    nur: »Ich bin das lyrische Ich«

»Und – du so?« Und er so: »Nun, ich bin Öko
    und nebenher Gutmensch, ich bin
Auf dem Weg zum Bio-Natura-Marcedo
    am Ende der Straße, dorthin.«
Wies mir die Richtung, jedoch ich verstand nicht –
    »Warum denn zur Hölle das Pferd?«
Da lachte er auf und meinte:
    »Ansonsten wird Kindern die Zukunft verwehrt.«

»Back to the roots und der Baum, der wir sind,
    der wurzelt halt in der Natur
Die kennt kein Auto, kein Fahrrad, kein Segway –
    die mag es am liebsten ganz pur!«
Zwinkerte kurz, zog den Colt und erschoss
    einen Trucker, der neben uns hielt
Zuckte die Schultern und sprach: »Selber schuld,
    wenn der hier so stumpf automobilt.«

»Nicht grade Gutmensch«, so tadelte ich
    und befürchtete schon seinen Zorn
Er blieb gechillt und er klärte mich auf:
    »Ich schieße mit Blei voll auf's Korn
Gutmenschen waren schon lange genug
    stets politisch und sonstwie korrekt
War ausreichend Zeit, wer es jetzt noch nicht checkt,
    wird von uns eben niedergestreckt!«

Ein Passant, der den Satz mitgehört hatte, rief,
    das sei ja wohl völlig behindert
Ihn traf eine Kugel und er ging zu Boden,
    der Gutmensch sprach unvermindert
»Wer kommt zum Sprachfluss, auf Kosten der Schwachen
    nach Worten wie diesen zu schürfen?
›Behindert‹ als Schimpfwort, wie schwul ist denn das? –
    Das wird man ja wohl nicht sagen dürfen.«

Ich fragte vorsichtig: »Reichen da nicht
    Petitionen und Transparente?«
»Na klar«, meinte er, »und die da oben
    verficken im Puff deine Rente!

So wollen die uns, so lieben die das,
  eine Herde von blökenden Schafen
Wir sind die Veränderung, von der wir träumen –
  aber erst, wenn wir aufhör'n, zu schlafen.«

Das leuchtete ein und ich bat um ein Pferd,
  'nen Hut und dazu 'ne Wumme
Weil der Gutmenschen-Cowboy mit einkaufen kam,
  erhielt ich das alles für umme
Mit ihm ritt ich westwärts, an Tankstellensäulen
  schon bald unser Feuerzeug glühte
Filialen von Fastfood-Giganten zerlegt,
  wer dort hinging, bekam, was ihm blühte

Wir erlegten das Volk in Gewändern von KIK
  mit Grüßen aus Bangladesh
Für 'nen Besuch bei Genmais-Monsanto
  hatten wir ein paar Kugeln auf Täsch
Dann kamen NSA, CIA, Google, Facebook,
  wir straften den ganzen Laden
Die sollten mal wissen, wie das so ist,
  einen großen Bruder zu haben

Wir ritten und schossen und schossen und ritten,
  Bösmenschen flohen in Scharen
Und immer mehr Leute schlossen sich an,
  weil sie auch richtig angenervt waren
Sarrazin Thilo mit Seil an den Füßen
  von uns durch die Städte geschleift
Ist nach 'ner Weile voll wildem Gezeter
  zu heiliger Stille gereift

Auch Markus Lanz sollte erfahren,
    wie das jetzt bei uns so läuft
Weil ein Shitstorm niemals hilft,
    haben wir ihn im Klärwerk ersäuft
Über den Chef vom Zoo Kopenhagen
    wurd' auch zur Genüge getwittert
Wir haben den Typen in Scheiben geschnitten
    und an die Giraffen verfüttert

Protest gegen Bahnhöfe unter der Erde
    lief ja zuletzt auch beschissen
Da haben wir kurzerhand Sprengstoff genommen
    und Stuttgart komplett abgerissen
Die Sendezentrale von RTL
    ist jetzt auch nicht mehr mitten im Leben
Cola und Nestlé und Apple und Nike –
    wir brachten die Erde zum Beben

So ging das recht lange, und gegen Ende,
    der Großteil der Menschen durchlöchert
War ich noch nicht fertig, ich hatte zum Abschluss
    noch einige Kugeln geköchert
Mit denen habe ich auch unsere Leute
    und schließlich Gutmensch erschossen
Es wurd' mir zu bunt, was die Menschheit so trieb,
    und damit mein ich ihn eingeschlossen

Es gibt einen Weg und ich schritt zur Tat,
    mal im Ernst die Welt zu verbessern
Ohne den Mensch gibt es keine Probleme,
    Schluss mit den ewigen Stressern

Jetzt ist es hier still und an grauen Gebäuden
beginnt etwas Grünes zu ranken
Die Sonne geht unter, voll Hollywood hier! –
wärt ihr noch da, ihr würdet mir danken

Bochums Sehenswürdigkeiten
Teil 0: Bochum Hbf

Wenn ihr mal so richtig gut gelaunt seid, so vollendet volledelt mit euch und dem Universum im Reinen. Wenn ihr mal so richtig ein solares Rektum habt. Ihr befindet euch in einem Zustand, den der Fachmann »Goldgelockte Zukunftsträume« nennt, oder der amerikanische Fachmann »Goldy-Locky Future Dreams«. Ihr seid so richtig glücklich, gude Laune hier, kurz vor einem happyleptischen Anfall. Und dann denkt ihr: Das ist mir jetzt too much hier. Ich muss mal runterkommen. Dreh doch mal einer den Swag ab.

Dann empfehle ich als stimmungssenkende Maßnahme einen Spaziergang zum Bochumer Hauptbahnhof. Nirgendwo wird man auf so schöne Art desillusioniert. Von hundert auf null in null Sekunden.

Hier ist der Mensch noch Mensch, hier kotzt man im Strahl. Hier ist »Hurensohn« keine Beleidigung, sondern eine Begrüßung.

Hier ist Grau keine Farbe, sondern ein Lebensgefühl.

Wenn Weltschmerz eine Theorie ist, ist der Bochumer Hauptbahnhof die Praxis.

Teile des Bochumer Hauptbahnhofes sind so schmutzig,

dass sich die Ratten Handschuhe anziehen. Das ist lustig, weil Ratten keine Hände haben.

Am Bochumer Hauptbahnhof hat Pharrell Williams den Nachfolger seiner Erfolgssingle »Happy« geschrieben, das wenig bekannte Stück: »Ach herrje, ich will nach Hause«.

Natürlich liegt das alles weniger an der Architektur als an der personellen Ausstattung.

Ich unterscheide am Bochumer Hauptbahnhof ja seit jeher zwischen drei Sorten von Leuten: Fachmänner, Spezialisten und Experten.

Der Reihe nach.

Ein Fachmann ist jemand, dem man ansieht, dass man ihm glaubhaft vermitteln kann, »Wasser« sei die Steigerung von »Was«.

Was, Wasser, am Wassesten. Ist doch klar. Genau wie Für, Führer und Fürst.

Ansonsten sind Fachmänner eher unverbindlich, daher hört man sie oft sagen: »... ne?« – eine im Ruhrpott gebräuchliche Variante des in anderen Landstrichen als »gell« oder »nicht wahr« gebräuchlichen rückwirkenden Infragestellens des zuvor Gesagten, ne?

Ein Zitat vom Bochumer Hauptbahnhof als Beispielsatz:

»Nur weil sie einen Nasenring trägt, darfst du sie noch lange nicht vor der Kneipe anbinden, ne?«

Weil Fachmänner komplex sind, sagen sie aber statt »ne« manchmal auch mal »wa«.

Beispielsatz, ebenfalls ein Zitat:

»Pommes, wa?«

So kann man aus jedem Satz eine Frage machen – das ist natürlich sehr bequem, weil sich der Fachmann so auf keine klare Aussage mehr festlegen muss. Er überlässt die

Entscheidung über den Inhalt des Gesagten komplett seinem Gegenüber, ne?

Genau solche Unbestimmtheit scheint heute sehr angesagt. Eine klare Aussage ist genauso zu vermeiden wie eine eindeutige Entscheidung. Und mir scheint, dass das früher anders war. Nicht besser. Anders.

Wenn ich in den 90ern auf einer Party jemanden fragte, welche Musik er hört, dann sagte mein Gegenüber z. B. »Techno« oder »Heavy Metal«. Das waren die zwei Musikrichtungen, die wir damals hatten.

Wenn man dieselbe Frage heute stellt, kommt in der Regel diese Antwort: »Also, ich höre eigentlich alles.«

»Und dein Lieblingsessen?«

»Also, ich esse eigentlich alles.«

»Und deine Lieblingsfarbe?«

»Bunt.«

Da klappt mir die Kettensäge in der Tasche auf.

Absolute Unbestimmtheit ist derart angesagt, dass man damit Bundeskanzlerin werden kann. Angela Merkel vertritt heute Positionen, die in den 90ern noch auf vier verschiedene Parteien verteilt waren.

»Welche Position beziehen Sie zum Atomausstieg?«

»Also, ich vertrete eigentlich alle Positionen. Ich bin dafür und dagegen, das sofort oder später oder niemals zu machen, ne?«

Der Spezialist ist noch eine Stufe härter.

Man erkennt Spezialisten z. B. daran, dass sie auf einer defekten Rolltreppe einfach stehenbleiben, einen fragenden Gesichtsausdruck auflegen und warten, bis sie verhungert sind.

Oder man sieht sie an der Bahnhofsbäckerei, wie sie gerade versuchen, einen Laugenknoten zu lösen.

Spezialisten kombinieren gerne »wa« und »ne« und klingen schnell wie ein Gedicht von Ernst Jandl:

»Datt Watt is datt, wo datt Meer nich mehr is, wa, ne?«

Generell haben Spezialisten auch eine spezielle Aussprache. Eines ihrer Lieblingsworte ist »Action«, das sie so buchstabieren: ÄKSCHN.

So kann man das auch besser rufen. Ich muss zugeben, dass ich das privat auch gerne mache. Einfach mal so, wenn man am Buffet steht, laut ÄKSCHN rufen. Oder in einer öffentlichen Toilette. ÄKSCHN. Probiert es mal selbst, das bockt. Oder bei einer Polizeikontrolle.

»Haben Sie etwas getrunken?« – »ÄKSCHN!«

Und dann Gas geben. Das wird lustig.

In raren Momenten der Klarheit schaffen Spezialisten übrigens auch mal ganze Sätze, das ist dann besonders schön. Einmal sind zwei Spezialisten im Bochumer Bahnhof an mir vorbeiflaniert. Einer sagte zum anderen: »Ich habe mein ganzes Geld in meine Katze gesteckt.«

Spezialisten sind ja schon was, Experten sind noch wasser!

Man erkennt Experten meist schon an der Mode. Experten tragen z. B. dunkelorange Hosen zu etwas dunklerorangeren Pullovern mit der Aufschrift: »Delfine sind schwule Haie«. Und dazu Tigerenten-Schuhe mit Glöckchen vornedran. In ihren Haaren stecken eine Zahnbürste oder die Reste eines toten Guppis namens Jupp. Sie nennen ihn zärtlich Juppi.

Experten nutzen allerdings selten »wa« oder »ne«, denn Experten unterhalten sich generell nur in Zitaten einer Ikone des Gegenwarts-Raps, dem Offenbacher Ausnahmelyriker mit dem klangvollen Namen Haftbefehl.

Hier ein Beispielsatz, natürlich wieder ein Zitat:

»Mir doch Schwanz, was du Schwanz so komponierst Ich komm von hier, du kommst von da, fick deine Ma, hast du kapiert?«

Nun gut, das unterscheidet jetzt die Experten nicht wirklich vom durchschnittlichen Jugendlichen. Das Internet ist ja prallvoll mit Gangstarappern, meiner Schätzung nach ist etwa jeder zweite in seiner Freizeit selbst ein Gangsta – wenn ihr also selbst keiner sein solltet, dann sind es die Leute links und rechts von euch. Schaut sie euch an, nicht nur hier, auch in der U-Bahn, in der Schule, in der Uni. Überall!

Geht ruhig mal wahllos auf einen Passanten in der Fußgängerzone zu und ruft:

»BRRRRRRTTTTT! Yo, du Opfer, ich zerficke deine Crew! Ich bums dich am Mikro, du Lauch!«

Man wird euch verstehen. Wirklich, das funktioniert. So habe ich meine Frau kennengelernt.

Jetzt wohnen wir gemeinsam mit unserem Sohn Goldy-Locky Future-Dreams am Bochumer Hauptbahnhof. Kommt uns mal besuchen, ne?

Teil 4
Ernst als Vorname

»Die Mutter der Tiefe heißt: Schuld.«

(Christian Morgenstern)

Tagedieb

Sechs Uhr Dreißig
Ein Wecker klingelt
Aber zum Glück in einer ganz anderen Stadt
Der Tagedieb schläft förderturmtief
The Tagedieb sleeps deep
Im Federbett
Er treibt Stollen und Schächte in den Traumberg
Trotzt den Höhlentrollen
Volle Loren rollen
Toren des Erlebens entgegen
Traumtanzkurse sind belegt
An seinen Augenlidern hängt ein Schild
»Heute leider geschlossen«
Die Welt muss draußen bleiben
Bis der sanfte Pinselstrich von Seidentuchsonnenstrahlen
Ihm ein erstes Lächeln ins Gesicht aquarellt

Am späten Vormittag
Sechzehn Uhr
Kaffeeduftsänften tragen den Tagedieb ins Erwachen
Die Höhlentrolle winken ihnen hinterher

Zum Frühstück gibt es rasselnden Atem
Prasselnde Glut der ersten Zigarette und passende Wut
    auf die Schlagzeilen
Aus der Zeitung von letzter Woche
Die Blumen, die darin eingewickelt waren
Welken auf dem Sims
Daneben hat jemand mit der Zeigefingerkuppe
Ein Herz in den Staub gezeichnet
Meins ist es nicht

Der Tagedieb fließt gemächlich
Wie Pfannekuchenteig aus seiner Form
In ein Café herüber
Ein schwerer roter Vorhang hinter der Tür hält die kalte,
    klare Luft draußen
Die Tische zieren Tassenabdrücke wie Kornkreise
Leise Weisen rieseln aus Boxen
Der Tagedieb bestellt sich W-LAN mit Milchschaum
Und nimmt einen Strohhalm als Fernrohr
Dadurch fixiert er die Augen der anderen
Im glänzenden Schwarz ihrer Pupillen
Spiegelt sich ganz klein eine Welt
Meine ist es nicht

Auf den kiesknirschend an Wiesen vorbeigezogenen
    Wegen des Stadtparks
Sagen die graubraunen Tauben »Ja« zum Tagedieb
Zumindest nicken sie
Er legt sich zu den Tautropfen auf einen Grashalm
Zwinkert der Sonne zu
Bellt mit den Hunden

Bildet Banden mit Bierdosen
Rollt sich in eine Tüte
Zündet seinen Kopf an
Und raucht sich selbst
Zu seinem Glück ist das nur eine Metapher
Meine ist es nicht

Abends wird der Tagedieb zum Thekenmagier
Er zeigt seinen besten Trick und zaubert
Aus dem Boden einer Flasche das Ende eines
   Gewehrlaufes
Mit dem er das Gestern erschießt
Das immer noch im Türrahmen steht
Wie ein nicht bestelltes Paket Zündschnüre
Das süße Gift sinkt ein
Die Zuckerwatte in seiner Schädelkuppel wird feucht
   und verklumpt
Bis der allzusüße Brocken sich auf eine Faustformel reduziert
Gemurmelte Mantras
Entlang der aufgereihten Barhocker
Hat die viele Freizeit eine Deponie von Gestrandeten
   errichtet
Die sich gegenseitig zustimmen können
Bis dass die Sperrstunde uns trennt
Geht die nächste Runde auf diese treuen Ritter und Recken
Auf den Bierdeckel hat jemand statt zwei Strichen
Ein X gemalt
Als sei darunter ein Schatz begraben
Meiner ist es nicht

Was macht der Tagedieb bei Nacht
Nach dem Untergang der Welt im Schnapsglas
Spült den Tagedieb eine Sintflutwelle aus Jägermeister
    an den Strand der Straßen
Um diese Zeit
Ist kein Mensch mehr hier draußen
Auch er nicht
Er ist eine Schlangenlinie
Mit glatter Haut windet er sich
Werbewänden winkend durch verwinkelte Gassen
Vor ihm verneigen sich die Laternen mit ihren Häuptern
    aus Licht
Lassen das nasse Kopfsteinpflaster leuchten
Wer schaut da schon noch zu den Sternen
Wenn plötzlich alles einen Reim macht

Dann ist der Tagedieb zu Hause
Die Tür fällt hart ins Schloss
Die Restmenschheit hat Pause
Die vorm Tagedieb zerfloss
Sieht milchglasfenstervage
Die Welt vorüberzieh'n
Tagedieb stiehlt keine Tage
Die Tage stehlen ihn

Alles fließt

Einst wanderte ich, mein Rucksack voll Glück
Und die Mundwinkel höher als Schwalben
Ohne Landkarte an einem Ufer ein Stück
Um die Augen mit Aussicht zu salben

Ich fühlte, als sei mir mein Rektum solar
Sprich: Die Sonne schien mir aus dem Arsch
Das heiße Blau über mir rückte mir nah
Und es dürstete mich nach dem Marsch

Bekletterte ich einen wackelnden Stein
Denn er war hier des Bachbettes Kante
Schickte Hände ins glasklare Wasser hinein
Wie vom Willen herab als Gesandte

Es tauchte plötzlich was anderes auf
So wahr ich euch hier nicht verulke
Aus den wallenden Wellen stieg zu mir herauf
Der Nestlé-Konzern-Boss Paul Bulcke

Ich war irritiert und das Wasser rann flott
Durch die Finger zurück ins Gewässer
Bulcke klang zornig und mächtig wie Gott:
»Lass es fließen, mein Sohn, es ist besser

Dieser Fluss hier ist meiner, den hab ich gekauft
Dieses Wasser ist privatisiert
Und bevor ihr diesen jetzt einfach wegsauft
Werden erstmal Gebühren kassiert!«

Also sprach es Paul Bulcke, und wie zum Beweis
Dass der Fluss ab jetzt Nestlé gehört
Hat unweit ein Bagger auf sein Geheiß
Den Damm eines Bibers zerstört

Das war nicht genug, denn der mächtige Paul
Zog per Hand einen Zander ans Land
»Du Hausbesetzer kriegst was aufs Maul!
Ab jetzt wird hier Miete verlangt!«

Ich rief: »Aber, aber, Bulcke, mein Guter!
Wer wird sich denn gleich so aufregen
Sie sind ja vor Blutdruck so rot wie ein Puter
Und drohen hier Fischen mit Schlägen?

Nun atmen Sie tief und bleiben Sie kühl
Alles fließt und es geht doch auch anders
Und nehmen Sie bitte, nur so fürs Gefühl
Ihre Hand von der Flosse des Zanders!

Ich trinke doch nur einen winzigen Schluck
Neues Wasser strömt gleich hinterher
Geben Sie etwas ab und sich selbst einen Ruck
Denn schon Moses *teilte* das Meer!«

»Ich soll dir was schenken, du Kommunist?
Kauf dir doch das Wasser als Flasche
Was Heraklit noch nicht verstanden hat, ist:
Alles fließt – und zwar in meine Tasche!

Jetzt holst besser *du* mal ganz schön tief Luft
Denn auch die werden wir bald erwerben
Schluss mit kostenfrei atmen, gieriger Schuft
Wer nicht zahlt, muss eben sterben.«

Dann aß er den Zander als Sushi-To-Go
Wie andere Unkraut ausjäten
Da wurde mir mulmig, ich spuckte und floh
Er warf noch nach mir mit den Gräten

Hinfort eilte ich auf ängstlichem Fuß
Was ich antraf, das war wie gewandelt
Wasser und Luft, das Licht und das Mus
Alles Ware und sie wird gehandelt

Ich sah einen Wald, der gehört UPM
Dem größten Papierproduzenten
Rannte auf Sand, der gehört IBM
Die den Quarz für die Speicher verwenden

Mein Auge fiel stolpernd auf sattgrüne Weiden
Und auf Äcker, die Firmen besaßen
Die Umstände waren wohl nicht zu vermeiden
Konzerne besitzen auch Straßen

Jedes Haus, das ich sah, gehörte HochTief
Der Himmel den Amazon-Drohnen
Für alles, was unter der Erde noch schlief
Ließ sich Gazprom das Schürfrecht entlohnen

Monsantos Getreide, Unilever-Kartoffeln
Zitronenplantagen von Cola
Mir glühten vom Laufen die Tchibo-Pantoffeln
Das vibrierende Herz Motorola?

Ist jede Locke nicht gepachtet von Wella
Heißt meine Haut nicht im Grunde Nivea?
Geschmacksnerven pfründen McD und Nutella
Mein Wohnzimmer wohnt bei IKEA

Flügel verlieh mir die Firma Red Bull
Die Augen hat Fielmann gepachtet
Geht mein Konto mal hart gegen Null
Werde ich von der Postbank geschlachtet

Die Welt ist verkauft, der große Sell-Out
Läuft schon auf den letzten Metern
Auch wir, von ganz innen bis raus an die Haut
Gehören den Handelsvertretern

»Ach bitte, so brich das Gedicht doch ironisch!«
Ruft vielleicht nun ein Leser des Reims
Nichts werd ich tun und grad das ist komisch
Denn das Gedicht hier – ist einfach nur meins

In Worte fassen

Den roten Faden fest in den Alltagspullover eingewoben
Eine Lebenslauflinie reingezogen
Geboren am Tag nach der Erfindung des Wandkalenders
Ich lass den neongelben Textmarker über ein leeres Blatt
   gleiten
Bis ein Satz auftaucht und ich absetze
Man braucht hunderttausend Schwellen
Um zwei Schienen zu tragen
Dann hat man immer noch keinen Zug
Und der ist trotzdem verspätet

Die Klugheit hat dich klar gemacht und kalt
Die Ideen eingefroren und das Denken ein Rinnsal
   in einem Gletscher
Der schon lange nicht mehr kalbt
Sondern dem Meer die alte Schulter zeigt
Die in rechtem Winkel aufragt
Und ihre Tiefe in Spalten verbirgt

Es ist beeindruckend und lächerlich
Wie sehr der Mensch sich müht

Eine ganze Welt in eine Schublade zu stecken
Und langsam mehr und mehr Scheiben abschneidet

Unser Verstand ist ein Schreibtisch
Der uns ein Lied davon singt
Wie wir das Universum begreifen können
Mit unseren Kinderköpfen
Wir wissen nichts, Jon Snow
Aber wir fühlen
Dass wir nichts wissen können
So gut wie nichts in Worte fassen können
Keiner hier kann den Unterschied zwischen dem
    Geschmack von Möhre und Kartoffel in Worte fassen
Und jeder hier glaubt, den Unterschied zwischen Liebe
    und Freundschaft zu kennen
Zwischen Wut und Hass
Zwischen Zeit und Raum
Zwischen Leben und Tod
Aber wir fühlen
Dass wir es fühlen können
Wir haben nur verlernt
Auf die Welt hinter der Sprache zu sehen
Wir leben in Begrifflichkeiten
Spalten Haare entlang von Sollbruchstellen
Reißen Lebensabschnitte an perforierten Seitenrändern ab
Fassen uns in Worte

Schwermut und Wohlkraft

Ich habe mir einen Tee gekocht
Aus den Kräutern
Die da wachsen
Am Ufer deiner Schwermut
Er liegt tief in seiner Tasse
Und brennt im Hals beim Trinken
Wie ein Tinnitus im Ohr

Wenn du mein Handgelenk umklammerst
Wird es beim Loslassen
Weiß wie der Frost auf Windschutzscheiben
Aber dir fallen nur die Knochen deiner Ahnen ein
Geschnitzt zu Schreibmaschinentasten
Ein Brief aus der Vergangenheit
Du tanzt im Takt
Aber ich höre ein anderes Lied

Du sagst
Du musst tief tauchen
Um den Grund zu erreichen
Denn Schatzkisten schweben nicht im Wasser

Sie verbergen sich zwischen Felsen und Muränen
Du musst ganz unten sein
Um Inspiration zu finden
Den Schmerz umarmen
Dein Leid leben
Den Tod atmen
Wie ein großes rotes Kreuz auf einer Landkarte
Dort ist die Kunst

Ich sage
So wird das nichts
Mit dir und dem Glück
Der Baum träumt vom Fliegen
Und der Vogel von Wurzeln
Die schönsten Stücke über Liebe
Schrieb nicht die Liebe
Sondern die Sehnsucht
Das unerfüllbare Verlangen
Ich reiche dir einen Becher mit Schokoladeneis
Schmeckt besser, als sich Beethoven anhört
Sage ich und spanne eine Wäscheleine
Zwischen meinen Mundwinkeln
Du siehst eine Chance
Dich aufzuhängen

Du sagst
Gott behüte
Dass ich einst wirklich glücklich wäre
Ich möchte eher tot umfallen
Als sorglos sein
Was sollte ich denn dann schreiben

Worüber singen
Was malen

Ich sage
Mal doch ein paar Sonnenblumen
Sing die Ode an die Freude
Schreibe einen Mittsommernachtstraum

Mein Herz ist dir eine Mülltonne
Deine Blicke abfällig
Du baust dir Luftschlösser
Finstere Türme aus Gewitterwolken
Burggraben aus Hagelschauern
Um dich einmal als Prinz zu fühlen
Oder wenigstens als Drache
Du trinkst dein Gestern aus einem Schnapsglas
Und erbrichst Flammen
Du versengst deine.eigene Umarmung
Sie hinterlässt schwarze Rußspuren
Auf deinen Versuchen zu lieben

Alles mit Absicht
Wie eine Talfahrt
Auf Skiern aus gepressten Abschiedsbriefen
»Ach« kann man da noch lesen
Und »Nein«

Hör mal
Sage ich
Du machst Handstand im Aufzug
Und stellst dir vor, es geht aufwärts

Wenn du runterfährst
Dabei bewegt sich nichts
Du kannst mit deinen Füßen nicht die Knöpfe drücken
Du stehst im Erdgeschoss
Auf den Kopf gestellt
Ritter von lächerlicher Statur
Ein Don Quichotte bei Windstille

Gegen Außen bist du ein echter Künstler
Darum bist du gegen Innen
Du bist gegen Innen

Aber
Du brauchst nicht den Blues
Um zu komponieren
Und nicht die Melancholie
Um ein Gedicht zu verfassen

Da hast du was vertauscht
Du hast da was vertauscht
Nicht der Schmerz gibt dir die Kraft
Ein Meisterwerk zu erschaffen
Das Meisterwerk gibt dir die Kraft
Die Welt zu überstehen

Aber dafür musst du doch nicht erst den Tiefpunkt suchen
Ich fand die schönsten Gedichte
Ohne Stift
Die Worte und Zeilen formten sich
Wie von allein im Schatten eines Lächelns

Sie schrieb nicht der Wunsch zu sinken
Sondern der Aufwind

Über und unter uns ist nichts
Wir schweben
Und entscheiden selbst, in welche Richtung

Trojanische Worte

1.

Vom Schatten der Sprache will ich heut' erzählen
Für Falsches die richtigen Worte zu wählen
Denn Schönfärberei klappt mit jeglicher Äußerung
Und sie fällt kaum auf, weil es sämtliche Leute tun
Nichts wird gestohlen, nur »dauerhaft geborgt«
Wir »lassen das mitgehen«, ich hab' es »besorgt«
Keiner hier ist arbeitslos, alle »arbeitssuchend«
Nach Wahrheit rufend, aber auf Klarheit fluchend
Klauen wir mal Ideen, dann »kupfern wir ab«
Verkaufen wir Schrott, der nur »Gebrauchsspuren hat«
Mein Auto ist nicht klein, das bedeutet »kompakt«
Hab' keine Angst, nur »kalte Füße« und »scheue Kontakt«
Ich musste nicht kotzen, ich hab' »Bröckchen gelacht«
Wo hat nochmal »der Pudel die Löckchen gehabt«?
Wir sind doch nicht blöd, wir sind »bildungsfern«
Und »freiheitsliebend«, wer mag schon Bindung gern?
Sag nicht »du musst sofort«, aber »zeitnah wäre top«
Die machen keine Scheiße, sondern »einfach ihren Job«
Keinerlei Lüge, wenn ich mal nicht ein »Wort einhalte«
Sag doch nicht Stricher, sag lieber »Bordsteinschwalbe«

Wir sind nicht unzivilisiert, wir »folgen Mutter Natur«
Ich bin nicht dick, nur »vollschlank« und »Rubensfigur«
Den Gag mit dem Ring erst nach der Heirat checken
Ich hab' keine Glatze, das sind »Geheimratsecken«
Es sind »Gender-Defender«, die es sprachlich gerechter
    wollen
Man ist kein Frauenfeind, man mag »klassisch
    Geschlechterrollen«
Wir reden gekonnt um den heißesten Brei
Als ob Euphemismus das einfachste sei
Dahinter verbirgt sich keine Angst vor dem Wirklichen
Wir werden niemals sterben, wir gehen »den Weg alles
    Irdischen«

Das sind keine Lügen, bloß kreativ dargelegt
Nur Sprache selbst wird hier effektiv angesägt
Biegen die Rede, bis sie beinah aufbricht
Dass niemand hier zu deutlich Wahrheiten ausspricht

2.
Werbung ist Manipulation in Sekunden
In diesem Schmerz sind die Nationen verbunden
Man wird durch Denkamputationen geschunden
Sag nicht Werbung – sag »Information für den Kunden«
Die Schönfärberei klappt mit jeglicher Äußerung
Man gibt nicht klein bei, das ist »seelische Läuterung«
Du bist nicht entlassen, du wirst nur »freigesetzt«
»Outgesourct«, »Situation neu eingeschätzt«
Du wirst nicht verdrängt, nur »marginalisiert«
»Gentrifiziert« und »wegrationalisiert«
Weil die Bosse das überall so ähnlich treiben

Heißt Lohnsenkung jetzt »konkurrenzfähig bleiben«
Für das grüne Gewissen hatte ich grad noch 'ne Vision
Statt Luftvergiftung sagen wir »Schadstoffemission«
Will man mehr Geld, doch nicht den Streit der Massen
Sag nicht »teurer machen«, sag »den Preis anpassen«
Das schnallen selbst die letzten Ochsen im Betrieb
Das Zeug ist eh nicht teuer, das ist »kostenintensiv«
Pleitegehen heißt »negative Zuwachsraten«
Industriespionage sind »operative Zusatzdaten«
Und wenn alles zu spät kommt, dann schieb's halt auf
Die guten alten »Verzögerungen im Betriebsablauf«

Das sind keine Lügen, bloß kreativ dargelegt
Nur Sprache selbst wird hier effektiv angesägt
Biegen die Rede, bis sie beinah aufbricht
Dass niemand hier zu deutlich Wahrheiten ausspricht
Wir feilen den Fakten die scharfen Eckzähne
Doch zwischen den Zeilen, da schlafen Extreme
Das Fazit, bevor ich dramatischer werde
Die Schönfärberei birgt trojanische Pferde

3.
Krieg muss man miese Gewalt leider nachsagen
Doch gibt man dieser Gestalt keinen Klarnamen
Wir sagen »Friedenserhaltende Maßnahmen«
Scheint mir, wir lieben gespaltene Sprachphrasen
Die Schönfärberei klappt mit jeglicher Äußerung
Aus Völkermord wird die »ethnische Säuberung«
Aus Angriffskrieg wird »Verteidigungsfall«
Hört ihr als Musik noch den eigenen Knall
Durch die Zeitungen schallt es dann alternativ

Auf Zivilziele schießt man hier nur »präventiv«
Klingt zu negativ, sag halt »Kollateralschaden«
Ist auch verträglicher für Otto Normalmagen
Sagen wir es klar, wird man schnell irritiert
Man tötet hier nicht, hier wird nur »liquidiert«
Sag nicht: »Unterwerfen und alle besiegen«
Man will »Krisen entschärfen« und alles »befrieden«
Und niemand vertreiben, nur »Menschen umsiedeln«
Man ist doch in eigenen Grenzen zufrieden
Das ist keine Folter, ein reines »Verhör«
Der Menschenrechtsbruch ist ein »kleines Malheur«

Das sind keine Lügen, bloß kreativ dargelegt
Nur Sprache selbst wird hier effektiv angesägt
Biegen die Rede, bis sie beinah aufbricht
Dass niemand hier zu deutlich Wahrheiten ausspricht
Wir feilen den Fakten die scharfen Eckzähne
Doch zwischen den Zeilen, da schlafen Extreme
Das Fazit, bevor ich dramatischer werde
Die Schönfärberei birgt trojanische Pferde

Und sind die erstmal drin, wird das Denken verändert
Das Schiff uns'rer Worte zum Versenken gekentert
Ist leicht zu verhindern, man muss es nur wissen
Es reicht, zu erinnern, schaut hinter Kulissen
Es taucht unter Worten Verborgenes auf
Wenn der Hörende nicht nur die Ohren gebraucht

Das erste Mal

Der Moderator rief:
»Als Nächstes hören wir Sebastian!«
Das war ich
Die Handinnenflächen ein Indischer Ozean
Die Stirn eine Auster voll Schweißperlen
Die Bühne ein Riff
Und vor mir eine Menschenmenge mit Muränen als
    Augen und Ohren

Mich hielten Knie wie Wolken
Herzhammer auf Brustkorbamboss
Hände auf Vibrationsalarm
Bei meinem ersten Poetry-Slam-Auftritt hatte ich kein
    Lampenfieber
Ich hatte Lampenmalaria
Scheinwerfersonnen schmolzen meinen kümmerlich
    kargen Rest Selbstbewusstsein in drei Sekunden
Wer ich war
Wer ich bin
Wer ich sein würde

Lief in feinen Strähnen am Bühnenrand hinab in den Saal
Rinnsalte sich in Pfützen zu Füßen des Publikums

»Als Nächstes hören wir Sebastian!«
Hallte es von den unerklimmbaren Felswänden meiner
    Fluchtwege wider
Das alte Echo der Zum-Scheitern-Verurteilten auf dem
    Weg zum Schafott
Obwohl ich gefühlt an der Backstage-Bierbank
    festgenagelt war
Erhob ich mich
Besser gesagt: Etwas erhob mich und trug meine Beine voran
Ich hätte mich nämlich liegengelassen
Ich war kein Häufchen Elend, kein Haufen Mist, kein Berg
    Müll
Ich war der verschissene Mount Everest der eigenen
    Unfähigkeit
Und alle Sherpas streikten
Gestatten: Mein Name ist die peinliche Stille nach einem
    schlechten Witz
Kommt ein Pferd in eine Bar und geht wieder, denn auf
    der Bühne stehe ich

Jeder Schritt in Richtung Mikrofon
Löste eine Tretmine aus Erinnerungen aus
Acht: Statt Hausaufgaben habe ich eine Kurzgeschichte
    geschrieben und erhalte das schiefe Grinsen der
    Grundschuldeutschlehrerin und eine Drei Minus
Elf: Auf dem Schulhof ausgelacht, weil ich kein
    Fußballstar werden will, sondern Schriftsteller

Vierzehn: Keiner sagt mir, dass Mädchen Gedichte
    mögen – also probiere ich es wie die anderen Jungs,
    doch sobald ich mich einem Skateboard nähere, falle
    ich hin
Fünfzehn: Sobald ich mich einem Mädchen nähere, falle
    ich hin
Sechzehn: Ich hätte mich eh nicht getraut, sie
    anzusprechen
Siebzehn: Wer interessiert sich schon für deine Meinung
Achtzehn: Kannst du auch normal reden?
Neunzehn: Oder mal das Maul halten?!
Zwanzig: An der Uni wird alles besser – ich werde auf
    dem Campus ausgelacht, weil ich kein Fußballstar
    werden will, sondern Schriftsteller
Einundzwanzig: Geh doch mal mit zum Poetry Slam,
    vielleicht will sich das da jemand anhören
Zweiundzwanzig:

Moment, jetzt war ich am Mikro vorbeigelaufen
Und ich war versucht, weiterzulaufen, einfach weiter,
    von der Bühne, aus dem Laden, in die Straße, durch
    die Stadt, zum Seilgeschäft und in die VHS zum
    Galgenknotenkurs und dann in den Wald
Doch ich ging zurück

»Als Nächstes hören wir Sebastian!«
Ein großer Sprung fängt immer mit zwei Schritten zurück an
Lehnte mich in den Moment im Fadenkreuz der
    Aufmerksamkeit
Scharfschützenlaserpunktrote Lippen
Stille im Auge

Fror ein wie ein Gletscher und kalbte Klänge in das kalte
   Wasser
Reihte Buchstaben zu Worten
Formte Worte zu Sätzen
Sätze zu Zeilen
Zeilen zu Strophen
Und Strophen zu Texten
Warf Papierflieger in Richtung eurer Ohren
Es dauerte lang genug, bis der Wind unter den Flügeln
   sie trug
Erstmal war es ein Fallen und Fallenlassen und Fallen
   Fallen sein lassen und Sein

Es ist verflucht lange vierzehn Jahre her
Dass ich mir damals fast vor Angst in die eigenen
   Kniescheiben gebissen hätte
Doch ich bin noch da
Und hinke nicht wie der Vergleich
Vierzehn Jahre lang langsamer Sinkflug des Blutdrucks
Vom reißenden Wasserfall im Aderamazonas
Zum kalten klaren Bergsee
Heute zucke ich kaum mehr mit der Wimper
Wenn ich hundert Mädchen auf einmal ansprechen soll
Heute zahlen manchmal sogar Leute Eintritt
Um zu hören, wie ich eben nicht das Maul halte
Weil ich eine Meinung habe und diese in Worte zu
   weben weiß
Heute ist das schiefe Grinsen der
   Grundschuldeutschlehrerin Geschichte
Aber ich bin noch da

Guck mal, ich stehe schon wieder am Mikro
Aber nicht, um damit anzugeben, was ich für ein Dorsch
    geworden bin
Sehr geiler Dorsch übrigens
Auch wenn ich immer noch hinfalle, sobald ich mich
    einem Skateboard nähere

Aber es geht hier gar nicht um mich
Sondern darum, dass man erste Schritte macht
Wo scheinbar gar keine Wege sind
Dass man seine Stimme erhebt
Wo scheinbar gar keine Ohren sind
Dass Lampenfieber eine heilbare Krankheit ist
Dass Mädchen Gedichte mögen
Und Jungs auch
Dass jeder, der etwas zu sagen hat
Etwas sagen sollte
Das war mein Text
Als Nächstes hören wir
Euch

Kirsche

Kirschblütenblätter wachsen
aus unseren Augenwinkeln hinaus
in das Fragezeichen einer Nacht

Tausend weiße Fragmente
Schwerelos schwebend
Wie das ungelöste Puzzle eines Schleiers

Der gelüftet wird

Dahinter liegt ein Tag
Der an uns hängt
Wie Tautropfen an Grashalmspitzen

In denen sich unsere Narben spiegeln

Während unsere Hände
Über die weichgrüne Wiese streichen

Wir sitzen auf Gestern
Wie auf einem Stein in der Mitte
Eines gischtspülenden Baches

Neigen uns dem Wasser zu
Uferlose Erwartung
In randvollen Herzen

In den Armen der Wellen
Aufgelöste Spiegelbilder

Forellen in der Strömung
Dein Haar im Wind
Glanz

Die Sonne als Ball
Auf unseren Seehundnasen

Augenaufschlag wie Austern
Als Ass im Ärmel

Dein Mund ist Pirat
Der im Gedankengarten einen Schatz vergräbt
In einer Kiste aus Sehnsucht

Lass uns verschlungenen Fingerpfaden folgen
In Wälder aus alten Bäumen

Atem und Uhren anhalten

Im selben Moment sein

Wolken an Fußsohlen
Handstand auf Gipfeln

Gekrönt sei das Haupt
Von der Luft
Zwischen Haaransatz und Erdboden

Wir tragen die Welt
Auf leichten Schultern

Worte wie Heißluftballons
Aus deren Körben wir
Auf die Gassen und Hütten
Der Stadt herabsehen

Oben und unten zu einem Teig verrührt
Zwei Körper
Im Kirschblütenofen
Gebacken

Schleier aus Musik

Die Nacht sinkt ins Meer
Ganz woanders

Davon träumt der Bergbach
Uns einen Reim
Wie sieben sinnlose Sinne

Wir
Im Steigflug

Verbinden die Punkte der Höhe
Zu einem Bild
Für eine Postkarte
Adressiert an den Mond

Uns fehlt nur die Briefmarke
Und das zu Recht

Dein Kuss bügelt Oma Alltag
Die Falten aus dem grauen Gesicht

Glück ist ein Wort
Das mehr sagt als tausend Bilder

Das alles ist passiert
Und wird und wird
Immer weiter

Ukiyo

(jap., etwa: Die schwebende, fließende
Welt, losgelöst von den Sorgen des Lebens)

Jeden Morgen dieser Fluss
Frühstück und Routinekuss
Dann bin ich wieder Sysiphus
Im immer gleichen Linienbus
Jahrelang läuft dieser Stuss
Im Loop und ohne Widerspruch
Alltag wird zum Tinnitus
Burn-out schickt 'nen Liebesgruß
Wann mach ich mit ihnen Schluss
Weil ich weg von diesen Schienen muss
Wann kommt der verdiente Bruch
Raus aus der Maschinenlust?

Man will mich wieder auf die Gleise locken,
Doch in der Ferne hör' ich leise Glocken
Und ihr Läuten
Soll bedeuten
Halt dir das Ende deiner Reise offen

Lauf' nicht nur an der Wand entlang
Von links nach rechts wie Jump'n'Run

Schau dir Rilkes Panther an
Ich leb' lieber wie Rantanplan
Ganz entspannt statt kranker Mann
Dem Ende zu, von Anfang an
Statt Hamsterrad mal Achterbahn
Verkatert im gekaperten Caravan nach Amsterdam
Oder Bahncardfahrt über Alpenpass und Balkanstaat
Für Baklava in Ankara am Straßenrand
Ich lass die Schwermut fallen wie Bleibeschichtung
Vergess' die immer gleiche Richtung
Mach' mich leicht wie Zeichen einer seichten Dichtung
Ich trete fest auf und schleiche nicht rum
Dreh' mich um und ich erreich die Lichtung

Man will mich wieder auf die Gleise locken
Doch in der Ferne hör' ich leise Glocken
Und ihr Läuten
Soll bedeuten
Halt' dir das Ende deiner Reise offen

Auf Augenhöhe mit den Dingen so wie Gegenstände
Wenn ich gegen Redewendungen die Rede wende
Klopf' auf den Holzkopf, offen für jedes Ende
Und alle Anfänge, je nach gegebener Lebenslänge
Überspringe ich eben allzu strenge Stränge
Sprenge enge Gänge, dränge Zwänge weg
In den Augenwinkeln hing schon eine Menge Dreck
Wie Scheuklappen, die ich endlich ableg', ich
Weiß, das klingt jetzt erstmal etwas abwegig
Doch

Lieber ganz bescheuert
Als angstgesteuert

Man will mich wieder auf die Gleise locken
Doch in der Ferne hör' ich leise Glocken
Und ihr Läuten
Soll bedeuten
Lass' uns einfach mal die Scheiße rocken

Ich zahl' bei jedem Kauf mit zu teuren Währungen
Und mein Lebenslauf klingt wie Steuererklärungen
Manche streben auch nach euren Ehrungen
Andere geben auf bei neuen Belehrungen
Ich geh' nicht drauf auf den Alltagsleim
Will kein Pilger auf einer Wallfahrt sein
In Richtung Halbwahrheit mit Haltbarkeit
Wie die Halbwertszeit von Zuckerwatte im Regen
Doch das waren jetzt genug ermattende Reden
Ich
Hab' das Erklären satt
Talfahrt ist ehrenhaft
Vollgas den Berg hinab
Abwärts ins Herz der Stadt
Vorwärts mit Terz im Takt
Flüssiges Kerzenwachs
Glüht wie am ersten Tag
Brennt bis zum Herzinfarkt
Jede Faser meines Körpers spannt sich wie Gitarrensaiten
Die Ekstase meiner Wörter referiert Gemeinsamkeiten
Dieser Phase unerhörter transkribierter Reimeinheiten
Mit Oasen unzerstörter anvisierter Zeitfreiheiten

Und man braucht nicht jede Zeile groß zu raffen
Denn am Ende geht es nur darum, loszulassen
Und
Alles fließt wie Heraklit
Ist so leicht wie C'est la vie
Ist gesund wie Sellerie
Und am Meer wie Tel Aviv
Es lösen sich die Fesseln und die Kellertür steht offen
Die Wolken zieh'n nach Westen und die Sonne kommt
   geflossen
Ich gebe, statt zu stressen, und ich nehme, statt zu hoffen
Ich lebe, statt zu hetzen, und ich atme, statt zu kotzen

Man will mich wieder auf die Gleise locken
Und nicht nur mich, auch ihr seid betroffen
Weil wir alle in der gleichen Scheiße hocken
Und es ist schon zu viel Zeit verflossen
Im Neonlärmterminkalender uns're Köpfe eingeschlossen
Doch haltet eure Ohren beide offen
Denn in der Ferne
In der Ferne hör' ich leise Glocken

Fisch und Feuer

Die Stromleitungen feine schwarze Linien
Als habe jemand die Wolken durchgestrichen
Die Giebel der Häuser wie Hände gefaltet
Im Gebet, der Himmel möge daran vorbeifallen
Die Blätter der Bäume an den Enden der Äste
Wie die Seiten eines verrückt gewordenen Buches
Wenngleich ich, darunter sitzend, sicher bin
Es ist geradewegs umgekehrt
Auf der Rückseite der Metapher hat sich
Eine simple Beobachtung in Embryonalhaltung eingerollt
Die Stadt ist ein Igel und Laterne und Ampel
Heißen seine beiden Sorten Stacheln
Die sich mit leuchtenden Spitzen
Vor den Menschen verneigen
Streich mir durchs Haar wie durch ein Gerstenfeld
Wisch das Brot aus meinen Gedanken

Manchmal lege ich meinen Kopf an die weiche Stelle
Zwischen dem Gefühl, der Mond sei ein alter Freund
Und der Herbst nur eine Zahl zwischen Eins und Sieben
Dann zirpen die Grillen zwischen den Ohren, leise nur

Von der Idee, Kolumbus habe gar nicht den Westweg
    nach Indien gesucht
Sondern wollte sich eigentlich von der Kante der Welt
    stürzen
In kinntiefen Nächten träume ich ganz heimlich
Er hätte es geschafft und fiele noch immer
Und spiegele das Gefüge der Sterne
Auf den beschlagenen Fensterscheiben seiner Einsamkeit

Entschuldigung, wissen Sie, wo es hier nach unten geht?
Ich hatte die Dämmerung abonniert
Sie wurde zweimal täglich achtlos auf meine Türschwelle
Geworfen wie der erste Stein
Doch jetzt ist es irgendwie weder hell noch dunkel
Mir ist auch egal, ob es Morgen oder Abend ist
Es soll was passieren, wie der Ruf einer Möwe
Den nahenden Landgang besingt
Mein Kopf ist ein Ofen unter dessen glühendem Deckel
Dem Brot das Wort vom Gerstenfeld verboten wird
Forme aus dem Teig des Mondes
Zwischen meinen Händen eine Falte
In die meine Einfälle vom Himmel rutschen können
Wegen zu viel Pathos am Ende meiner Reise
Laternen sind auch bloß Bäume mit
Licht, statt Blätterdach
Gegen Dunkel, statt Regen
Neidisch auf ihre blitzblankbunt tanzende Schwester
    Ampel starren
In Ihrem Sonntagskleid
Rot wie die Macht

Zwei ist doch auch nur die Zahl zwischen Einsamkeit und
    Treibsand
Gib mir deine Hand
Aber behalte dein Herz
Ach, Kolumbus, alte Gallionsfigur
Um die das Elmsfeuer tanzt, den Veitstanz Erinnerung
Vergiss nur das nicht, wenn Jahresringe die Rinde platzen
    lassen
Der ewige Sturz ins Bodenlose gleicht dem schwerelosen
    Schweben
Das schwerelose Schweben gleicht dem ewigen Sturz ins
    Bodenlose

Schmetterlinge sind lebendes Origami
Unsere Rippenbögen Gitarrensaiten
Schädeldecken Trommelfelle
Bassbeine, Harfenhände
Aus den Augenhöhlen schallt ein langgezogener
    Trompetenton
Also spiel dein Leben
Denn Musik ist die einzige Kunst, die nichts abbildet
Außer unser Innerstes

Aufwind für Kieselsteine
Ich bin die Sorte Schnorrer, die einen Fisch nach Feuer fragt
Er sagt nichts, sondern sieht mich durstig an
Ich bestehe zu 90 Prozent aus Wasser
Kannst du schwimmen?
Würdest du es wagen, bis zu meinem Rand zu schwimmen?
Ob du da ins Bodenlose fällst oder einen Kontinent
    entdeckst, sei mal dahingestellt

Vielleicht dämmert es ja immerzu
Weil Herbst nur der Superlativ von ›herb‹ ist
Schokolade ohne Zucker
Meine Zunge ist ein Flughafen, der nach Laubhaufen riecht
Ich bin auf eine Kastanie getreten und für einen Moment
Stand ich mit einem Fuß darauf
Und sie war meine einzige Verbindung zur Welt
Das ist Schweben im Herbst

Ich kannte mal eine Krähe mit Namen
Sie saß mir im Haar und ihre Schwingen waren Regenschirme
Für meine Ohren aus Zuckerwatte
Ein Buch, in der Mitte aufgeschlagen
Sieht aus wie der Gruppensex rechteckiger Schmetterlinge
Ich bin die Sorte Schnorrer, die ein Buch nach Feuer fragt
Wirf doch nochmal den Wald in den Aktenvernichter
Damit wir was zu Puzzeln haben
Guck mal ins Astloch wie in ein Periskop
»Komoreb« heißt auf Japanisch das Sonnenlicht
Welches durch ein Blätterdach herabfällt
Schau hinauf
Die Stromleitungen feine schwarze Linien
Als habe jemand den Himmel durchgestrichen

Teil 5
Heimatt

»Schein hat mehr Buchstaben als Sein.«

(Karl Kraus)

Euer Opa

(Ein Gedicht, verfasst anlässlich eines Themen-Poetry Slams zu »Europa« in Düsseldorf. Leider hatte ich am Telefon das Thema etwas falsch verstanden. Also verfasste ich einen Text zum Thema »Euer Opa« – ich dachte, das sei so was Ähnliches wie der alte »Deine Mutter«-Witz. Mein Text irritierte bei der Veranstaltung ein kleines bisschen die anwesende Europa-Ministerin des Landes NRW Frau Dr. Schwall-Düren – und ich hatte mich schon gewundert, dass NRW eine eigene »Euer-Opa-Ministerin« hat.)

Euer Opa ist so alt
Und voll von Jahresringen
Doch folgt sein Ende auch schon bald
So soll es ihm gelingen

Einmal noch wie früher mal
Am Spielplatze zu schaukeln
Und sich selbst trotz Jahreszahl
Kurz Jugend vorzugaukeln

Euer Opa ist schon alt
Er merkelt nicht mehr viel
Die Alltagsmauer bot den Spalt
Er schlüpft hindurch zum Spiel

Die Schaukel sieht wie immer aus
Ein Brett hängt an zwei Ketten
Der Greis schwingt seinen Hintern drauf
Um durch die Luft zu jetten

Euer Opa gibt echt Gas
Er schaukelt wild und kräftig
Dem Alten macht das sichtlich Spaß
Uns wird's langsam zu heftig

Es kam, wie es geschrieben stand
Was sagt man noch dazu
Der Opa, der heißt Griechenland
Und fliegt aus der EU

Wenn dann, wann denn?

»Eins verstehe ich nicht: Wieso beschweren sich eigentlich so viele, dass der Islam der Untergang des Abendlandes sei? Und das, während zeitgleich wegen des Klimawandels der Meeresspegel kontinuierlich steigt! Das ist doch unlogisch!

Andererseits erinnert es mich immer an den alten Witz davon, dass jemand im Urlaub merkt, dass er vergessen hat, den Herd auszumachen. Der macht sich natürlich voll die Sorgen, dass ihm die Bude abfackelt. Dann lächelt er plötzlich, weil gar nichts passieren kann – er hat nämlich auch vergessen, den Wasserhahn auszudrehen. Logisch, oder?«

Jasmin sah mich einen Moment lang irritiert an, dann fing sie sich und sagte:

»Hallo. Du musst Sebastian sein.«

Ich hatte das Gefühl, vielleicht etwas intensiv in unser erstes Date eingestiegen zu sein. Dates sind eigentlich nicht meine Stärke. Aber diesmal wollte ich alles richtig machen und von Anfang an meine Stärken ausspielen. Und meine größte Stärke war Logik. Meine zweitgrößte (und einzige andere) Stärke war es, dass ich eine Nordhäuser Bockwurst durch das linke Nasenloch essen konnte. Aber mir war klar, dass ich damit bei einem ersten Date nicht punkten würde. Jedenfalls hatte mein Mitbewohner Marius mir sanft, aber sorgfältig davon abgeraten. Er sagte: »Nein.«

Logik jedoch, das würde laufen, da war ich mir sicher. Auch wenn ich das nicht beweisen konnte. Immerhin konnte man sagen, dass mir die Leute oft eine Weile lang zuhörten und dann sagten: »Logisch.«

Auf diese Karte musste ich setzen. Jetzt umso mehr, da Jasmin offensichtlich einen schrägen ersten Eindruck von mir gekriegt hatte. Ich atmete also tief ein, nahm vorsichtig ihre Hand, sah ihr gerade in die Augen und sagte:

»Wenn A gleich B und B gleich C, dann A gleich C.«

Jasmin hielt meinem Blick stand, legte dann den Kopf etwas schief, als suche sie etwas in meinem Gesicht. Dann sagte sie langsam:

»Logisch.«

Da war mir sofort klar: Sie konnte mir nicht widerstehen. Sie war meinem animalischen Magnetismus verfallen, hatte in Anbetracht meiner brettharten Schlussfolgerungen sämtlichen Anstand über die Reling geschubst und war paarungsbereit.

Sie sah mich mit gespielter Verwirrung an, doch innerlich hatte sie ihren Schlüpper schon ausgezogen.

So leicht wollte ich es ihr aber auch nicht machen. Darum setzte ich erneut an:

»Wenn A gleich B und B gleich C – dann ist dein Alphabet kaputt.«

»Wie bitte?«, fragte Jasmin vorsichtig.

»Na klar«, antwortete ich, »wenn das alles vertauscht wäre, das wäre voll kaputt. Hör doch mal:

Aus Amen würde Bemen

Aus Bremen würde Cremen

Aus USA würde USB

Aus dem Trunkenbold ein Trunkencolt

Aus Allah würde Bela B

Und aus der alten Punkerweisheit ›All cops are bastards‹

Würde ›Belly-Bob, der Bärenkastrat‹!«

Jasmin und ich sahen uns fest in die Augen und hatten bereits jetzt etwas gemeinsam: Wir waren beide beeindruckt von meiner Logik. Ich war aber auch on fire heute! Wie ab er geht! Wie drauf er ist! Jasmin war sprachlos.

Jetzt galt es, den Sack zuzumachen, den Deal einzutüten und die Tapete auszurollen. Also holte ich ein letztes Mal tief Luft und hob an:

»Wenn ein Einbeiniger einem anderen Einbeinigen ein Bein stellt, fallen beide hin.«

Jasmin musterte mich von oben bis unten. Dann drehte sie sich um und ging weg.

»Warte«, rief ich.

Sie hielt inne und drehte sich noch einmal zu mir um.

»Entschuldige bitte«, erklärte ich, »ich bin viel zu aufgeregt und deswegen bin ich mit der ganzen Logik wohl etwas über das Ziel hinausgeschossen.«

Jasmin nickte langsam und ich meinte, ein schmales Lächeln zu erkennen.

Dann holte ich aus der Innentasche meines Mantels meinen Trumpf hervor. Eine Nordhäuser Bockwurst.

Zeit für Reprise

Störche sind Hühner auf Stelzen
Bären sind Nackte in Pelzen
Zettel sind sehr dünne Bretter
Glitzer in Streifen Lametta

Türme sind Häuser in schlank
Die Bitte ist rückwärts ein Dank
Wüste ist Welt mit trockener Haut
Die Katze ein Hund, der miaut

Die Ponys sind Zwerge der Pferde
Die Schuhe der Bäume sind Erde
Hunde sind Katzen, die bellen
Löffel die Babys von Kellen

Ein Maulwurf hat den Tunnelblick
Ohne Post wär' ungeschickt
Flaschen sind Gläser mit Hals
Ein Sturz kommt im Falle des Falls

Kino ist Fernsehen mit Fremden
Oder Theater an Wänden
Hähne der Soundtrack der Frühe
Und Yaks sind die Hippies der Kühe

Prag pragmatisch

Wenn die barock geschwungenen Giebel am Nachmittag ihre Schatten auf das Kopfsteinpflaster fallen lassen und mit den Konturen der schmalen Gassen zu spielen beginnen, verwandelt sich Prag in eine Schnellspurstraße für melancholische, wenn nicht gar magische Gedanken. Gerade jetzt im frühen Herbst, wenn die schweren Strahlen der sinkenden Sonne mit dem kühlen Wind tanzen, der schon den Namen des Winters am Revers trägt, tauchen hinter den Lidern die alten Bilder auf, die nach einem Sommer im Süden wie Zugvögel unweigerlich heimkehren.

Nach einem langen Tag, den er größtenteils durch die Altstadt schlendernd, immer und immer wieder die Moldau überquerend, verbracht hatte, merkte Stefan langsam, wie seine Füße zu Holz wurden, und er war froh, dass das Backstein-Hotel nur noch wenige Schritte entfernt war. Aber es war sein letzter Tag an diesem langen Wochenende in Prag, für das er den weiten Weg aus seinem kleinen Dorf nahe der tschechisch-ukrainischen Grenze angereist war. Fast ein Jahr lang hatte er auf diese Reise gespart und jede Überstunde in der Druckerei war es wert gewesen. Doch weil er wusste, dass die Zeit ablief, blieb er noch einmal stehen, schloss die Augen und genoss die Stille – als diese plötzlich von einem unsagbar lauten und langgezogenen Rülpsen unterbrochen wurde.

Noch bevor er die Augen wieder öffnete, war Stefan schon anhand des Geräusches klar, dass hier jemand sein Innerstes veräußerte, und er fürchtete sich vor dem Moment, wenn dem Klang der Geruch folgen würde. Langsam wagte er es, einen Spalt breit Licht in seine Iris zu lassen und war überrascht über die drei jungen Männer, die da unvermittelt nur wenige Schritte vor ihm standen. »Ach guck mal«, dachte Stefan, »Nazis«.

Man muss wissen, dass Stefan Nazis nur aus dem Fernsehen kannte, denn in seinem Dörfchen lebten gerade genug Leute, um die Mauern der wenigen Häuser zu heizen, damit Kälte und Feuchtigkeit sie nicht erstarren ließen. Dort gab es keine Nazis, dort gab es mit Müh und Not überhaupt jemanden. Aber Stefan verfolgte die Welt auf dem flimmernden Bildschirm des Röhrenfernsehers, den sein Vater sich nach der Schließung der Schraubenfabrik in den frühen 90ern von der Abfindung gekauft hatte; von daher wusste er sofort Bescheid.

Nun waren diese Nazis aber auch gut als solche zu erkennen, denn sie trugen die Insignien der rechten Szene geradezu protzig vor sich her: Springerstiefel mit weißen Schnürsenkeln, Bomberjacke, nassrasierte, glänzende Schädel und tumber Gesichtsausdruck. Eine kleine Ausnahme bildete der Kleinste der drei, der mit einem streng gekämmten und mit Haargel fixierten Seitenscheitel und einem schlanken, aber hohen Oberlippenbart auftrumpfte. Darunter prangten in einem von schmalen Lippen umrahmten Mund eine Garnision spitzer Zähne, die mehr

Gelb- und Schwarztöne aufweisen konnten als eine durchschnittliche Biene. Er sah aus wie ein Hai, der dringend mal zum Zahnarzt sollte.

Das Rülpsen jedoch war von dem Größten der drei ausgegangen, so viel war spätestens klar, als er nun ein zweites Rülpsen nachschob, knapp gefolgt von einem eher gemurmelten: »Sieg Sieg!«

»Wen haben wir denn hier?«, fragte der Hai in Richtung Stefan.

»Dit is' ein Ausländer«, rief der Lange und schien dann einen Moment selbst irritiert, dass er nicht erneut gerülpst, sondern stattdessen etwas gesagt hatte. Um seine Verwirrung zu minimieren, nahm er einen Schluck aus der Absinth-Flasche, die er wie eine Cola-Dose in der Hand hielt. Stefan war ein kleines bisschen beeindruckt.

»Ich glaube, das ist ein Tscheche«, fiepste ein korpulenter Dritter, dessen Fortpflanzungsorgane wohl ähnlich marode waren wie die Zähne des Rudelführers. Zumindest klang seine Stimme so und er machte auch einen eher unausgeglichenen Eindruck.

Stefan hatte sieben Jahre Deutsch in der Schule gehabt und verstand jedes Wort, doch bevor er etwas dazu sagen konnte, rief der kariöse Kleine:

»Wenn das ein Tscheche ist, dann ist das kein Ausländer.«

Der Dicke und der Lange hielten inne und starrten den Hai an. Dann sahen sie gleichzeitig zu Stefan rüber, dann wieder auf den Kleinen und dann blickten sie sich gegenseitig in die Augen und zuckten die Schultern. Eine perfekte Choreografie der Dummheit, eine Art deppertes Synchronschwimmen auf dem Trockenen. Stefan war noch beeindruckter als vorher. Dann brach der Lange die Symmetrie, indem er erneut einen Zug aus der Absinth-Flasche in seinen Hals fahren ließ.

»Was laberst du da?«, fragte der Dicke derweil. »Klar ist das ein Ausländer, weil das ja ein Tscheche ist. Die hassen wir zwar nicht so sehr wie Türken oder Schwarze oder Juden, aber immer noch ziemlich heftig.«

»Nee, eben nicht«, entgegnete der Kleine. »Wir sind ja gerade nicht in Deutschland, sondern in Tschechien. Und hier sind Tschechen keine Ausländer. Also hassen wir sie auch nicht.«

Der Dicke lief rot an und fiepste noch heftiger als zuvor:

»Ausländer sind Ausländer, egal, wo sie sind! Wir hassen doch nicht nur bis zur Grenze! Wenn du den Tschechen hier nicht hasst, bist du ein ganz schlechter Rassist. Ein ganz schlechter Rassist!«

»Nein, du bist ein ganz schlechter Rassist!«, brüllte der Kleine zurück. »Unser Ziel ist doch ›Ausländer raus!‹ und der hier ist schon draußen! Wenn wir den jetzt verkloppen, widersprechen wir uns doch selbst!«

»Du hast gleich ein paar Zähne draußen«, schrie der Dicke, dessen Stimme ins Hysterische kippte.

Einen Moment, bevor sich die beiden an den deutschen Hals gehen konnten, unterbrach sie der Lange.

»Vielleicht könnten wir ja sagen, dass wir den Ausländer auch im Ausland hassen, aber wir müssen ihn jetzt nicht unbedingt verwemmsen. Sonst müssten wir ja auch alle anderen Einwohner von Prag verkloppen und das dauert ewig und ich will lieber saufen.«

Dann schlug er sich die Absinth-Flasche an den Kopf

und fiel der Länge nach auf das Kopfsteinpflaster. Das schien Stefan ein alltäglicher Vorgang zu sein, denn die beiden anderen Nazis beachteten ihn nicht groß.

»Wenn du Recht hast, dann sind wir als Deutsche hier ja die Ausländer«, sagte der Dicke, nun etwas ruhiger.

»Ja, im Grunde ist das so.«

»Wenn jetzt also tschechische Nazis kommen, könnten die uns aufs Maul hauen, weil wir Ausländer sind. Und wir müssten ihnen sogar helfen?«

»Ja.«

Der Dicke und der Hai mit Karies sahen Stefan an.

»Bist du ein Nazi?«, fragte der Kleine und schob dann in sehr kaputtem Englisch hinterher: »Are you Nazi?«

Stefan wusste erst nicht, wie er reagieren sollte, schüttelte dann aber einfach den Kopf.

»Glück gehabt«, fiepste der dicke Deutsche zum Kleinen, »sonst wären wir fällig gewesen.«

»Nichts wie weg hier«, befahl der Karieshai mit Angst in der Stimme. Sie rüttelten den Dritten wach und machten sich eilig aus dem Staub.

Stefan sah ihnen noch eine Weile nach, wie man auf einer Safari einer Zebra-Herde hinterherschaut, bis die Staubwolke sich am Horizont verzieht. Er war glücklich.

Das Gnu aus Ulm, Teil Fünf

(Einige meiner Lieblingswörter, versammelt in einem Lautlese-Gedicht)

Im Gletscher lebt der Ötzi
Der Öli auf der Alm
Ein Kalb lebt auf der Wiese
Es knabbert einen Halm

Trug den schönen Namen Ralf
Und war 'ne rare Sorte Kalb
Das klingt zwar wie 'ne junge Kuh
Es stimmt jedoch nur halb

Eigentlich war Ralf Gnu
Und sehnte sich nach Ulm
Es zog ihn in die Ferne
Und dort fand er es fulm-

Inant, er hatte es im Film geseh'n
Die Stadt, den Fluss, den Dom

Doch traute sich nicht, hinzugeh'n
Denn alle Wege führ'n nach Rom

Selbst Ulf, der weise Grottenolm
Konnte Ralf nicht helfen
Wo sind, wenn man sich etwas wünscht,
denn bitteschön die Elfen?

Ulf der Olm und Ralf das Gnu
Kalb auf Alm und Lurch im Sumpf
Beide stumpf, bis Ralf erkennt:
»Ulf, du Echse, Stumpf ist Trumpf!

Ich fress' jetzt einfach Zauberkraut
Dann wachsen mir zwei Flügel
Ich fliege geradewegs nach Ulm
Vergesse alle Zügel«

Wie nice, ein Plan! Doch wo gab's Kraut?
Sie suchten ein paar Stunden
Als Ralf das Kraut dann fand, da war
Das Krautfanding erfunden

Die Moral von der Geschicht'
Vertrau' den schönen Worten nicht

Über sieben Krücken

Mit einer Drehung des Handgelenks klappte Kevin Ulbricht den Kragen seines Holzfällerhemdes hoch, da kurz vor Sonnenuntergang ein kalter Ostwind über den körnigen Asphalt fegte. Eigentlich war es ein schöner Herbstnachmittag und der Duft des feuchten Laubs, das sich auf Verkehrsinseln, am Straßenrand und in den Körben abgestellter Fahrräder sammelte, lag wie ein satter Rotton in der Nase. Kevin atmete tief ein, bevor er die Griffe des Rollstuhls wieder festhielt und weiterschob.

Das Tragenetz, das hinter der Lehne angebracht war, pendelte mit jedem Schritt gegen seine Knie, was schon etwas nervig war, aber unvermeidlich, denn darin war ein breites Sortiment an Stofftaschentüchern. Im Rollstuhl saß nämlich der kleine Thorben.

Thorben war elf Jahre alt und aufgrund eines Gendefekts schon sein ganzes Leben an den Rollstuhl gefesselt.

Kevin hatte sich nach dem Abitur für den Bundesfreiwilligendienst gemeldet, eher aus Planlosigkeit, weil er sich nicht recht für ein Studienfach entscheiden konnte und er außerdem noch nicht aus Pirna wegwollte. Seine Freundin Ronja würde im nächsten Jahr ihr Abi machen und dann wollten sie gemeinsam von hier wegziehen, am liebsten nach Hamburg.

Langsam schob er Thorben über den Bürgersteig, als plötzlich zwei Männer um die Ecke bogen und unvermittelt vor ihnen stehen blieben.

»Ach, guck mal«, dachte Thorben, »Nazis«.

Das waren nun aber nicht etwa dezent gekleidete Republikaner, die sich um die Wahrung einer bürgerlichen Fassade bemühten. Das waren mit allen Insignien der rechten Szene dekorierte Skinheads – der eine einen Kopf größer als Kevin, der andere eine Schulter breiter, beide mit grimmigen Falten über der Nase und leicht vorgeschobenem Kinn. Nicht gerade die Leute, denen man fast vor das Schienenbein fahren will, so wie es Kevin gerade getan hatte. Das waren überaus schlecht gelaunte Straßenfaschos.

Und richtig, schon stieß das Größte der Männchen, er mochte gut und gerne zwei Meter von der Springerstiefelsohle bis zur Glatze messen, einen der typischen Brunftschreie aus. »Hitler Hitler!«, rief er, gefolgt von einem langgezogenen Rülpsen. Erst jetzt sah Kevin die offene Bierflasche in des Nazis rechter Hand und erkannte durchaus einen Zusammenhang zwischen ihrem fehlenden Inhalt und dem seltsamen Kampfschrei der Glatze.

»Gut gesagt«, fiepste der Zweite, der nicht nur breiter und dicker war, sondern offensichtlich in jüngerer Vergangenheit mit dem Hoden in einen Küchenmixer geraten war. So klang zumindest seine Stimme und er sah auch noch böser aus als sein riesenhafter Kollege.

»Was haben wir denn hier?«, fragte er, wobei er mit dem Kinn auf Thorben deutete, dabei aber Kevin in die Augen starrte. »Das ist doch ein Behinderter!«

Bevor Kevin etwas entgegnen konnte, ergriff der Lange wieder das Wort.

»Das ist doch kein Behinderter, das ist ein Zivi oder so was«, erklärte er, pausierte dann eine Sekunde, um erneut zu rülpsen. Es roch ein wenig, als habe er einen Komposthaufen geküsst – mit Zunge.

»Den meine ich nicht, Sören! Ich meine den im Rollstuhl!«, erwiderte der Dicke.

Der lange Sören schaute an Kevin herab und schien erst jetzt den Rollstuhl zu bemerken. Dann zuckte er die Schultern, hob die Bierflasche in seiner Hand, senkte den Kopf nach hinten, hielt inne und rief:

»Ey, Dirk, guck mal, da oben im Baum, ein Eichhörnchen.«

»Alter! Reiß dich zusammen, wir haben hier einen Behinderten und der hat auf dieser ordentlichen deutschen Straße nichts verloren. Der muss weg.«

»Das gilt aber für das Eichhörnchen noch mehr«, kommentierte Sören.

»Was?«, fiepste der Dicke, der zunehmend wütender wurde.

»Das ist ein graues Eichhörnchen aus Amerika, die machen unseren einheimischen braunen Eichhörnchen das Revier streitig. Echt jetzt, die einheimischen Eichhörnchen stehen kurz vor dem Aussterben.«

Sören warf die Bierflasche weg und griff sich mit der Faust an sein Herz.

»Wenn wir nicht sofort einschreiten, um unseren deutschen Eichhörnchen zu helfen, wird dieses Ausländerpack hier die Kontrolle übernehmen und dann Gnade uns Odin! Darum auf, meine Freunde, auf, lasst uns die Heimat ver-

teidigen und für die Rechte der rechten Hörnchen kämpfen! Auf dass diese lange Nacht einen goldenen deutschen
Morgen erfahre!«

Mit diesen Worten nahm er Anlauf, sprang an den
Baumstamm und wollte raufklettern. Das Unterfangen
wurde wesentlich erschwert durch den Umstand, dass
die ersten Äste in über drei Meter Höhe waren. So blieb
Sören in inniger Umklammerung in einem halben Meter
Höhe hängen und kam nicht weiter. Der dicke Dirk raste-
te fast aus.

»Sören, wenn du jetzt nicht sofort die Eichhörnchen in
Ruhe lässt, von diesem Baum runterkommst und mit mir
diesen Behinderten aus dem Rollstuhl kippst, bist du ein
ganz schlechter Rassist. Du bist ein ganz schlechter Rassist!«

»Nein, Dirk, du bist ein schlechter Rassist, weil du lieber einen deutschen Behinderten verprügeln willst als ein
ausländisches Hörnchen.«

»Hör mal, Sören, wir sind Menschen-Rassisten und keine
Tier-Rassisten! Ich verprügle doch auch keinen Chihuahua!«

»Was ist denn ein Chihuahua?«, fragte Sören, immer
noch am Baum hängend.

»Eine Katze«, schimpfte Dirk.

»Wer würde denn eine Katze verprügeln?« Sören war
sichtlich entrüstet.

»Wer würde denn ein Eichhörnchen verprügeln?«

Dirk war sichtlich scheißsauer. Er ballte seine Faust und
wollte Sören vom Baum prügeln. Doch bevor sie sich an
die Gurgel gehen konnte, ertönte plötzlich eine dritte
Stimme.

»Wer würde denn einen Behinderten verprügeln?«

Um die Ecke gekommen war ein dritter Nazi, der mit einem Gipsfuß an Krücken ging. Dirks geballte Faust entspannte sich und Sören staunte mit offenem Mund und rutschte langsam am Baumstamm hinab, bis er auf dem Boden saß.

»Ronny! Was hast du denn gemacht?«

»Ich hab mir den Fuß beim Fußball gebrochen«, erklärte der dritte Nazi, der offenbar Ronny hieß und deutlich kleiner war als die beiden anderen und statt einer Glatze einen Seitenscheitel und einen Klotzbart zwischen Mund und Nase trug.

»Ist ja voll ätzend!«, kommentierte Sören, »so kannst du mir gar nicht gegen die ausländischen Eichhörnchen helfen.«

Dirk sah ihn streng an und wandte sich dann an Ronny.

»Brauchst du vielleicht einen Rollstuhl?« fragte er fiepsend.

»Nein, geht schon.«

In diesem Moment kam erneut eine Person um die Ecke gelaufen. Ein älterer Herr in einem beigen Mantel. An einer kurzen Leine führte er einen Chihuahua spazieren.

Die aufkommende Verwirrung nutzte Kevin, um Thorben aus der Gefahrenzone zu schieben und sich auf den Heimweg zu machen. »Oh Gott«, dachte Thorben, während er in die untergehende Sonne sah. »Diese Nazis waren ja total behindert.«

Wutmehl
Die zornige Backzutat

Kennt ihr das auch?

Jemand schreibt euch eine Mail, die euch wütend macht, und ihr hackt dann sofort mit stahlglühenden Fingern eine Antwort in die Tasten:

»Ihr Arschlöcher! Was soll das heißen: Vergrößerung? Wie groß soll er denn noch werden?«

Oder ihr kriegt eine SMS vom neuen Freund eurer Exfreundin, die mitsamt eurer Playstation 4 abgehauen ist. Er möchte wissen, ob sie euer Spiel »FIFA 2016« haben können, weil ihr ja eh nix mehr damit anfangen könnt. Und ihr tippt wüste Verfluchungen, die grobschlächtigen Kanalarbeitern die Schamesröte in das von Kot zerfurchte Gesicht treiben würde.

Und dann hängt euer Zeigefinger über der Absende-Taste und ihr werdet weich und löscht die Mail und schreibt etwas Freundlicheres?

»Lieber Herr Spam, vielen Dank für Ihr Angebot, meinen Penis zu vergrößern. Endlich fragt mal einer. In der Gruppenumkleide im Schwimmbad wurde schon getuschelt, aber denken Sie, da hätte mir mal einer eine OP, eine Saugglocke oder eine Zauberpille zur Vergrößerung angeboten? Wie auch immer, ich wollte mal höflichst nachfragen, ob Sie meinen Penis so groß und hart machen können, dass ich damit den neuen Freund meiner Exfreundin totschlagen kann?«

Eine solch freundliche Mail wäre doch wunderbar – vielleicht schafft ihr das ja. Ich persönlich übe mich auch darin, aber es ist wirklich schwer. Womöglich liegt es an der schieren Anzahl der Mails, die ich kriege. Täglich hagelt es Dutzende abgedrehter Anfragen.

Zum Beispiel: »Lieber Sebastian. Wir nehmen gerade Poetry Slam im Deutschunterricht durch und ich soll einen Text zum Thema ›Knackwurstkirmes in Castrop‹ schreiben. Mir fällt aber nichts ein. Kannst du mir vielleicht den Text schreiben? Anbei die Mail-Adresse von meinem Lehrer. Danke, bussi.«

ODER man fragt, ob ich vielleicht auf dem Pfarrfest der freichristlichen Gemeinde in Itzehoe einen halbstündigen Poetry Slam über Jesus vortragen könnte. Fahrtkosten könne man leider nicht zahlen, aber es gäbe kostenloses Obst in der Garderobe, die man in der Krypta der Kirche eingerichtet hätte.

ODER es schreibt der Vorstand von Apple in Deutschland, man plane da eine Show für die fleißigsten Apple-Store-Besitzer. Weil man sich Miley Cyrus nicht leisten könne, wollen sie wissen, ob ich nicht vorbeikommen und nackt auf einer Abrissbirne hin- und herschwingen könnte. Fahrtkosten gäbe es nicht, auch kein Obst im Backstage, aber es sei ja für einen guten Zweck.

ODER es schreibt einem MONSANTO, man habe gehört, dieses »Pottery Slam« sei total angesagt. Ob man nicht ein Gedicht schreiben könnte, in dem genveränderter Mais als super Sache dargestellt wird. Man würde das dann filmen und auf der firmeneigenen Website verbreiten. FK und Obst gibt es nicht, es sei auch nicht wirklich für einen guten Zweck, aber es sei ja auch Werbung für mich. Von daher fände man es fair, wenn ich 500 Euro überweisen könnte.

Das sind nur die Anfragen der letzten halben Stunde. Ich habe sie allesamt höflich abgelehnt, mit sehr geehrten Damen und Herren und freundlichen Grüßen und allem diplomatischen Brimborium, das man da so einflechten kann.

Mein Puls und Blutdruck waren zwar gestiegen, aber ich hatte mich im Griff. Das Fass war voll, aber nicht übergelaufen. Ich war geladen bis zum Anschlag, aber hatte keinen Schuss abgefeuert.

Dann kam allerdings noch eine Anfrage:

»Lieber Sebastian, hier ist die Lena. Ich bin die Klassensprecherin der 8c. Wir haben uns im Deutschunterricht deinen Text ›Online sein‹ angeguckt und fanden den alle total super. Darum wollten wir fragen, ob du uns vielleicht ein Autogramm schicken könntest für die Bilderwand in unserem Klassenzimmer. HDGDL, deine Lena.«

Und plötzlich wurde mir schwarzrot vor Augen. An die nächsten Minuten erinnere ich mich nicht mehr. Ich kam wieder zu mir, als mein Zeigefinger mit einem lauten Klacken auf die Enter-Taste geknallt war. Mit Schrecken sah ich, was ich grade abgeschickt hatte:

»Ey! Pass mal auf, Bitch. Flenn mal nicht so opfermäßig rum hier! ›Kann ich bitte ein Autogramm haben?‹ Wäwäwäwäwä! Was soll die Scheiße? Hast du 'nen Schwamm im Kopp, oder watt? Hast du zu nah an der

Heizung übernachtet? Was ist das denn für eine Schule, auf die du gehst? Die Sondersonderschule für Leute, die zu dumm sind, um bei *Mitten im Leben* mitzumachen? Ist euer Klassenlehrer ein sprechender Sack Zement namens Herr Fickonkel?

Überhaupt: ›8c‹? Wie alt bist du? 14? Na gut, ich sag es dir mal in einer Sprache, die auch kleine Mädchen verstehen: Ich kotz dir gleich 'nen Regenbogen, über den kommt ein Einhorn geritten und das rammt dir dann sein Horn ins linke Auge und trägt dich so in der Stadt herum und ruft: ›Hoppsassa!‹ Und jetzt scheiß dir in die Hose und stirb. HDGDL, dein Sebastian«

Eine knappe halbe Stunde später habe ich dann Lenas Vater kennengelernt. Ein ganz netter Typ eigentlich und zudem ein talentierter Mittelgewichtsboxer.

Wegen mir hätte er ja nicht extra vorbeikommen müssen – eine Mail hätte es auch getan.

Silben switchen
(Eine Einladung zum Mitmachen)

Augen – Genau

Samen – Mensa

Sterne – Nester

Jason – Sonja

Janin – Ninja

Berge – Geber

Derlei – Leider

Mode – Demo

Fiesel – Selfie

Osten – Steno

Schema – Masche

Reha – Haare

Platz für eigene Ideen:

Prock und Lotschow
(Ein Dialog)

PROCK: »Entschuldigen Sie bitte?«

LOTSCHOW: »Moment, Moment, sie sehen doch, dass ich telefoniere! ... Ja ... Nein, Schatz ... Nein, ich habe den gefüttert ... Doch, hab' ich! ... Nein, nein ... Was weiß ich, was du jetzt mit dem machen sollst! Seife, vielleicht?«

(Er knallt den Hörer auf.)

PROCK: »Entschuldigen Sie bitte?«

LOTSCHOW: »Ja, was kann ich für Sie tun?«

PROCK: »Ist das hier die Beratung für Aussteiger aus der rechten Szene?«

LOTSCHOW: »Nein, hier ist die Flugschule für Islamisten.«

PROCK: »Was?«

(Kurze Pause. Lotschow beginnt, sich etwas zu notieren.)

PROCK: »Warum sitzen Sie dann vor einem Schild, auf dem steht ›Beratung für Aussteiger aus der rechten Szene‹?«

LOTSCHOW: »Sie sind clever. Ich beginne, zu verstehen, warum Sie aus der rechten Szene aussteigen wollen!«

PROCK: »Also ist das doch die Aussteigerberatung?«

LOTSCHOW: »Andererseits verstehe ich auch, wie Sie in die Szene geraten sind.«

PROCK: »Was?«

(Kurze Pause.)

LOTSCHOW: »Nix, alles okay. Das ist die Beratungsstelle, ja. Was kann ich für Sie tun?«

PROCK: »Ich würde gerne aus der rechten Szene aussteigen.«

LOTSCHOW: »Das wird heute leider nix. Kann ich Sie stattdessen für die Landung eines Flugzeugs in einem Hochhaus begeistern?«

PROCK: »Ich habe Höhenangst.«

LOTSCHOW: »Verstehe.«

(Er notiert sich etwas.)

PROCK: »Kann ich nicht vielleicht doch einfach aus der rechten Szene aussteigen?«

LOTSCHOW: »Nun gut, dann will ich mal nicht so sein.«

PROCK: »Oh, vielen Dank! Ich verspreche auch, ganz lieb zu sein!«

LOTSCHOW: »Verstehe.«

(Er notiert sich etwas.)

LOTSCHOW: »Dann beginnen wir mal. Zunächst einige Fragen: Wie rechts waren Sie denn?«

PROCK: »Ich weiß nicht ...«

LOTSCHOW: »Was sind Sie mir denn für ein Nazi? Sie wissen nicht, wie rechts Sie sind? Ernsthaft?«

PROCK: »Tut mir leid.«

LOTSCHOW: »Was haben Sie denn so Rechtes getrieben?«

PROCK: »Also, ich habe mal einen Schwarzen beschimpft. Aber nicht auf der Straße. Erst so, nachdem der lange weg war und ich alleine zu Hause saß. Da hab ich dann aber schon grobe Sachen gesagt.«

LOTSCHOW: »Was denn zum Beispiel?«

PROCK: »Hummelmann.«

LOTSCHOW: »Hummelmann?«

PROCK: »Ja. Und Wespenmensch. Auch Wespenmensch.«

LOTSCHOW: »Aber das sind doch überhaupt keine rassistischen Beleidigungen. Das ist einfach nur so bekloppt.«

PROCK: »Echt?«

LOTSCHOW: »Echt.«

(Er macht sich einige Notizen.)

PROCK: »Ja, gut, ich war aber auch mal bei einer NPD-Demo und habe Steine auf die linken Zecken von der Gegendemo geworfen.«

LOTSCHOW: »Das ist gut! Das ist rechts!«

PROCK: »Ja, wobei, Steine ist jetzt vielleicht ein bisschen übertrieben. Das waren mehr so Stöckchen. Genauer gesagt faules Obst. Also gut, gesundes Obst. Und wenn ich ganz ehrlich bin, waren das sogar nur Papierknäuel bzw. Wattebäusche. Taschentücher. Und die habe ich jetzt auch nicht direkt geworfen, die habe ich mehr so drohend hochgehalten. Oder, besser gesagt, die hatte ich in der Tasche. Ich war jetzt aber ohnehin auch nicht ganz direkt auf der Demo, ich war mehr so in der Nähe, im selben Viertel. Um nicht zu sagen: in einer anderen Stadt. Zuhause.«

LOTSCHOW: »Sie saßen zuhause und hatten Taschentücher eingesteckt?«

PROCK: »Ja.«

LOTSCHOW: »Das ist kein bisschen rechts, befürchte ich.«

PROCK: »Manchmal onaniere ich auf ein Bild des Führers.«

LOTSCHOW: »Verstehe. Daher auch die Taschentücher.«

PROCK: »Ja. Ist das rechts?«

LOTSCHOW: »Ja, das ist schon ein bisschen rechts.«

PROCK: »Super!«

LOTSCHOW: »Und jetzt wollen Sie den Ausstieg?«

PROCK: »Ja, das wäre toll. Wie kann ich das machen?«

LOTSCHOW: »Fangen wir mit etwas Einfachem an – Sie müssen Ihre Frisur ändern. Keine Glatze mehr! Glatzen sind superduperrechts. Tragen Sie eine Perücke!«

PROCK: »Eine Perücke?«

LOTSCHOW: »Ja, eine Perücke! Normaler Move! Ich z. B. trage jetzt gerade auch eine Perücke.«

PROCK: »Das ist gar nicht Ihr langes wallendes blondes Haar?«

LOTSCHOW: »Nein, das ist eine Flugschule für Islamisten.«

PROCK: »Verstehe.«

(Prock macht sich einige Notizen. Lotschow zieht seine Perücke aus, unter der er kahlrasiert ist. Der Prock zieht die Perücke über.)

PROCK: »Das fühlt sich toll an.«

LOTSCHOW: »Du kannst die Perücke behalten!«

PROCK: »Wirklich? Danke! Aber jetzt sind Sie ja ein Skinhead!«

LOTSCHOW: »Halt's Maul, du Hippie! Gib mir das Führerbild und dann verpiss dich!«

PROCK: »Also, unmöglich, diese Faschos überall!«

Das Rätsel der Socke

»Ich weiß, wohin die einzelnen Socken in der Waschma-
schine verschwinden«, hatte Katja gesagt, »die stecken in
den Bettbezügen.«

Zuhause habe ich dann sofort einen Blick in die frisch
gewaschenen Bettbezüge im Schrank geworfen. Es waren verschiedenste einzelne Socken in allen Größen darin,
ein T-Shirt, zwei Boxershorts und ein leicht irritierter, aber
sehr freundlicher japanischer Tourist.

Die Rede wendet sich

Sie kennen gewiss die Redewendungs-Gedichte
    von Lars Ruppel
Er geht darin Fragen auf den Grund
Er hat z. B. immer verstanden: »Holger, die Waldfee« –
    und da wollte er wissen, wer das ist. Wer ist Holger?
Und was macht der Alte Schwede?
Worüber lacht Heide Witzka?
Wie schnurrt Schmitz' Katze?
Aber Lars nimmt sich Zeit für die Antwort
Stets beginnt er seine Gedichte mit ausufernder
    Naturbeschreibung
Am liebsten mit dem Motiv Wald
Ach, ellenlange Waldbeschreibungen sind das
Die Bambis Mutter die Tränen in die Augen getrieben hätten
Wenn sie nicht schon tot wäre
Aber bei Lars, alles top gereimt, fein ziselierte
    Sprachspielereien
Und am Ende eine Moral ohne durchgestreckten Zeigefinger
Toll

Ich dachte, das probiere ich auch einmal
Erstmal musste ich natürlich überlegen
Welche Redewendungen kenne ich?
Ich überlegte nicht lang, die Antwort war klar
Keine
Aber
Ich gebe ja viele Poetry-Slam-Workshops an Schulen
Und die Jugendlichen auf dem Schulhof begrüßen mich
    oft mit einer populären Redewendung
Sie sagen:
»Verpiss dich, du Hurensohn!«

Also fragte ich mich
Wer ist eigentlich dieser Hurensohn?
Daher nun mein Gedicht

Der Hurensohn

Auf dem Teppich grüner Moose
Weich wie Winterpulliwolle
Lagen ein paar ahnungslose
Hasenohren, wohlklangvolle

Winde wirkten durch die Blätter
Wie das Rauschen ferner Meere
Glitzerten fast wie Lametta
Untererds, im Reich der Schwere

Laubbaumsamen, tief im Boden
Die sich streckten nach dem Lichte
Bis daraus sich Bäume hoben
Wie aus Büchern steigt Geschichte

Standen sie, gehüllt in Rinde
Und dahinter, gut behütet
Saß die Made mit dem Kinde
Welches sie grad ausgebrütet

Achtung, Remix, alte Platte:
Sie war Witwe, denn der Gatte
Den sie hatte
Wart gefressen von 'ner Ratte

Das Erlebnis war traumatisch
Und ihr Herz zog ins Exil
Doch sie blieb nicht lang apathisch
Die Made nahm ein neues Ziel

Seitdem hieß Alltag sich vermehren
Sie war ein Gewohnheitstäter
Wen du heute kannst gebären
Den gebäre nicht erst später

Dieses Motto war Methode
Fließbandzeugen nicht grad chillig
Aber bei der Made Mode
Wenn auch eher unfreiwillig

Bei ihr war das berufsbedingt
Wie das Krummsein der Banane
Auch wenn das jetzt komisch klingt
Sie war Maden-Kurtisane

Verhütung dabei kompliziert
In alles knabbern Maden Löcher
Und wer sich so prostituiert
Kriegt halt Kinder noch und nöcher

Ihr Kind Leander, ihr in Armen
Sanft so wie ein Harfenton
Schicksal kannte kein Erbarmen
Wurde dadurch – wait for it – Hurensohn

Wartete bis Windelwechsel
Um Babysitter anzustrullen
Soff dann mitten im Gemetzel
Madenbabyöl-Ampullen

Kotzte Regenbogenfarben
Einfach nur, weil er es konnte
Und weil er sich dann im Schaden
Wie in Himmelsstrahlen sonnte

Die ersten Worte, die er lernte
»Ihr seid Opfers und ihr könnt mich«
Sein Credo, das er nie entfernte
Das war Leander – und er gönnt sich

Bastel-Style im Kindergarten
Erzieherin mit Gaffa-Tape
An die Decke kleben, warten
Wie ein YouTube-Film entsteht

Zeigte Madenjungs und Mädchen
Fotos toter Babyrobben
Im Gestade und im Städtchen
Konnte niemand besser mobben

Leander fühlte sich vom Leben
Durchgepflügt fast wie ein Acker
So ein Hurensohn sieht eben
Um sich rum nur Motherfucker

In der Schule des Leanders
War Angst der andern wie sein Lohn
Hätt er gewollt, es ging nicht anders
Er war und blieb ein Hurensohn

Er füllt der Karre des Direktors
Gern mal Zucker in den Tank ein
Reste eines Rauchdetektors
Kleingebröselt in nen Blunt rein

Den er sich dann stilvoll anmacht
Am Brand in seinem Klassenzimmer
Er war fast Midas, was er anfasst
Ward nur nicht Gold – es wurde schlimmer

Er kam, er sah und er zerfickte
Wald und Wiese, Baum und Garten
Und die Madenmutter blickte
Sorgenvoll auf seine Taten

Wurde trübsinnig und trübe
Verloren schien ihr Sohn wie Gatte
Sie war zum Aufpassen zu müde
So schnappte sich auch sie die Ratte

Leander war vor Wut fast blind
Er hatte nie auf sie gehört
Trotzdem war er noch ihr Kind
Das wird niemals je zerstört

Er lieh sich von der Waldfee Holger
Eine frisch gewetzte Axt
Von Heide Witzka nen Revolver
Einen Eckzahn von Schmitz' Katz

Der alte Schwede gab ihm Schrauben
Schnabelspitzen gab Herr Specht
Heilig Strohsack seinen Glauben
Was gerächt wird, ist gerecht

So bewaffnet zog er bebend
Wutentbrannt zum Bau der Ratte
Fand sie mit sich selber redend
Weil sie sich so gerne hatte

Aufs Parkett im Rattenzimmer
Leander, fast vor Hass geplatzt
Er schrie etwas, das passte immer
»DU! Ich habe eine Axt!«

Die Ratte hatte noch nicht gänzlich
Was da grad passiert, kapiert
Da war sie plötzlich und auch endlich
Mittendurch per Axt halbiert

Bevor sich ihre Augen schlossen
Fragte, mit gespaltner Zunge,
»Racheengel, sag es ganz offen
Wer bist du wilder Madenjunge?«

Dann sank sie auf das Bodenholz
Wie ein König sinkt vom Thron
Leander sprach, mit neuem Stolz:
»Wer ich bin? Ein Hurensohn!«

Zwei Körperteile: Hals Maul

Hals Maul!

Ich kann es nicht mehr hören!

Ich hab mir jetzt zwei Jahrzehnte lang gute Argumente
überlegt, alles ausdiskutiert und Standpunkte nachvoll-
zogen! Es reicht!

Ich will mich jetzt auch mal undifferenziert aufregen!

Einfach mal im Doppelstrahl kotzen!

Ohne Denken Hass verschenken!

Ohne Grübeln was verübeln!

Ohne Reflektion … Du Hurensohn!

Hals Maul!

Und wisst ihr, worüber ich mich aufrege? Wisst ihr?
Wisst ihr das?

Über Leute, die sich undifferenziert aufregen!

Die HASSE ich!

Und die sind überall! Nicht nur in Sachsen!

Ich bin es leid! Die sollen das Maul halten! Wenn ich das
schon höre!

Die Ausländer nehmen uns die Arbeitsplätze weg? Welche
Arbeitsplätze?

Und die leben nur auf unsere Kosten? Ihr habt überhaupt
keine Kohle, weil ihr keinen Job habt!

Hals Maul!
Habt ihr einen Schwamm in der Schüssel?
Stand bei euch die Schaukel zu nah anner Hauswand?
Wie wird man so scheiße?
Scheiße fressende, Esel begattende kackbraune Scheißnazis!
Stehen da vorm Asylbewerberheim mit dem Feuerzeug in
der Hand und behaupten, die Flüchtlinge seien kriminelle
Sozialschmarotzer.
Warum verwendet ihr Wörter, die mehr Buchstaben haben
als ihr Gehirnzellen?
Ihr lebt selbst von Hartz IV!
Eure Großeltern sind selbst Flüchtlinge aus Schlesien, ihr
gottverfluchten Arschlöcher!
Überhaupt: Jeder Mensch in Europa ist der Nachfahre von
Menschen, die aus Afrika hierhergekommen sind.
Es gibt keine Leute ohne Migrationshintergrund! Nicht einen!
Kommt auf euch selbst klar! Chillt eure Basis!

Hals Maul!
Der Grieche macht den Euro kaputt?
Ich mach dich gleich kaputt!
Du hast von Volkswirtschaft so viel Ahnung wie eine Kiwi
vom Kacken!
Wer die BILD-Zeitung liest, um sich politisch zu informieren,
der geht auch zum Sonnen in den Keller!
Ich könnte aus dem Stegreif hundert stichhaltige Beweise
dafür bringen, dass ihr falschliegt!
Aber ich habe keinen Bock! IHR NERVT HART!

Wie sagte schon der weise Rocko Schamoni: »Wer sich mit Scheiße prügelt, wird stinken, auch wenn er gewinnt.«

Oder, um es mit den Worten des noch weiseren Propheten AGGRO BERLIN zu sagen: »HALT DIE FRESSE!«

Hals Maul!

Und dann postet ihr euren Protest gegen die Überwachung des Internets auf Facebook!

Das ist in etwa so, als würdet ihr einem Taschendieb aus Protest dagegen, dass er euch ausraubt, noch zehn Euro in die Hand drücken.

Wie dumm kann man eigentlich werden?

Wenn ihr noch ein bisschen kleiner und weißer werdet, könnt ihr im Dschungelcamp anfangen. Als Made.

Euch soll der Blitz beim Scheißen von der Schüssel fegen!

Ihr seid der Abschaum auf dem Cappucino des Schicksals!

»Der Amerikaner hört uns alle ab und dem Berliner ist es egal.« – Ihr klingt wie paranoide Bäcker!

Hals Maul!

Und fang mir nicht mit Chemtrails und der BRD-GmbH an, du Echsenmensch!

Laber mich nicht voll von Mainstream-Medien, wenn eure gesammelten Infos über die Welt von schizophrenen Bloggern kommen und aus Liedern von Xavier Naidoo!

Hals Maul!

Bah, wie ich das alles hasse!

Die Kartoffeln in Bio kaufen und die Klamotten bei PRIMARK!

Ist euch das Wohlergehen der Kartoffel wichtiger als das des Kindes in der Fabrik in Bangladesh?

Mögen euch die Geschlechtsteile abfaulen!

Fallt tot um, ihr heuchelnden Bastarde!
Ihr leckt doch am Frosch!

Hals Maul!
Und jetzt wollt ihr ein Fazit?
Scheiß aufs Fazit!
Hier gibt es nur Arschtritt!
Hals Maul!

Der Schlüssel zum Eichenrebell

Einst riet mir die Sonne, durch den Tag zu flanieren
Mit den smarteren Tieren im Park zu spazieren
Ließ es grad so passieren; das Wetter ein Traum
Da sah ich einen Mann, angekettet am Baum

»Ich rette den Raum«, war sein Shirt bunt beschriftet
Und was er noch sagte, gehört nun berichtet
Ich fragte, was er an dem Eichenstamm findet
Dass er sich daran als ein Zeichen anbindet?

Ein strenger Blick folgte, davor Kettenrasseln
Dann ließ er auf mich seine Wortfetzen prasseln:

»Ich steh in die Zeitgeistfassade gedrückt
Symbolisch umwickelt vom Kabelgestrüpp
Gleich Nabelschnüren und Adergerüst
Ich spüre, sie führen zu Tage zurück

Und du – du bist Zahnrad, ein Robotermensch
Ein Mahnmal, das sich nicht als Opfer erkennt

Du schufst dir Maschinen, um dich zu bedienen
So fleißig wie Bienen, doch dienst du längst ihnen

In Zukunft ist das, was einst gut war, veraltet
Selbst dein Zuhause computergestaltet
Die Häuser von Baggern ins Leere errichtet
Sie haben die Kräfte der Schwere verdichtet

Die Straßen drumrum haben sie asphaltiert
Du warst Alphatier hier, doch was ist da passiert?
Wohin es dich zieht, bringt dein Automobil
Dich lautlos ans Ziel, genauso agil

Man braucht nicht mehr viel von blasseren Sternen
Es spannt sich ein Lichtzelt aus Straßenlaternen
Wir lernen die Regeln, die Ampeln uns lehren
Strampeln in Meeren aus Straßenverkehren

Wir rieselten wie Körner in handwarmen Sanduhren
Wenn wir auf Standspuren zum Stadtrandstrand fuhren

Oder zum Job, den wir online ergattert
Tastengeklackert und Smalltalk geplappert
Schreibtischmensch füttert die Rechner mit Quoten
Als Rad im Getriebe ist Schwäche verboten

Die Luft im Büro kommt aus Klimaanlagen
Maschinen, die atmen und niemals versagen
Und wiedermal starten die Kaffeemaschinen
Die lassen die Tassen von Affen bedienen

Daneben der Kühlschrank mit eisigem Lächeln
Er reicht dir das Wasser als leises Versprechen
Es mahlen wie Mühlen Maschinen zum Spülen
Was fehlt, dich als eine von ihnen zu fühlen?

Du fütterst Kopierer mit Tintenpatronen
Als säßen sie mit ihrem Hintern am Thron
Da rollt grad dein Chef auf dem Segway vorbei
Ist das schon einer oder sind das noch zwei?

Du rauchst jetzt nicht mehr, du guckst Kette aufs Smartphone
Es weckt dich am Morgen, doch nicht deinen Argwohn

WhatsApp, Snapchat, Facebook, Insta, Twittern
Niemals satt, du musst sie immer füttern

Wenn du am Abend vor dem Fernseher liegst
Fragt man sich, wer denn hier wen fernbedient
Wenn Menschen gerade kein Video anhaben
Singen sie Duett mit den Stereoanlagen

Tanzen mit Staubsaugern Foxtrott auf Fluren
Waschmaschinensauber, sie opfern die Spuren
Bügeln die Falten mit glättenden Eisen
Hängen an Kabeln wie an rettenden Reifen

Sind testende Streifen im Sinne der Ziele
Der eigenen, inneren Massenmaschine
Der Mensch ist ein Bequemlichkeitstier
Gewöhnlich wird's mir täglich dämlicher hier

Wir treiben in Weiten, die wir noch nicht kennen
Fortschritt kommt von Schreiten und nicht von Rennen
Ich sehe die Zeichen, um Weichen zu stellen
Ich mach nicht mehr mit! Nenn mich den Eichenrebellen!«

Dann schwieg er voll Pathos, die Kette glänzt hell
So war der Eichenrebell, das zeigte sich schnell

Ein dort sich herzeigender, zornig ereifernder
Wortwitze schreibender Fortschrittsverweigerer
Unsportlich schreiender, Ohr nicht begreifender
Ich vorsichtig bleibender, nordlichtgleich Schweigender

Stand nun da, von oben mit Worten begossen
Als wären sie von himmlischen Orten geflossen
Sprach: »Rebell, du rebellst wie die Tollwut im Hund
Dass du angeleint bist, hat einen voll guten Grund

Der Stillstand jedoch konnte nie was verändern
Du sprichst zwar noch mehr als bei Radiosendern
Doch lebe die Rede! Schluss mit der Predigt!
Wer sich selbst nicht bewegt, mein Freund, der bewegt
    nichts!«

Die Wortwahl hat ihn wohl elektrifiziert
Im Kettenkleid hat er sehr hektisch vibriert
Plötzlich erfasst von dem knallharten Tatendrang
Der nicht mehr warten kann, lass mal was starten, Mann!
Eichenrebell wollte geradeaus türmen
Um mit Waffengewalt in das Rathaus zu stürmen

Doch kam er nicht los, ich musst' ihn erinnern
Die Lösung liegt meistens in unserÄm Innern
Das traf, wie voll in die Schüssel gespuckt
Er hatte schon morgens die Schlüssel geschluckt

So spazierte ich fort von dem einsamen Held
Er steht heut noch dort wie ein Kleidergestell
Die Moral der Geschichte leider verprellt
Langsam verhallt auch sein Eifergebell

Er hat toll geredet, die Zeichen erhellt
Lautstark geträumt von der leichteren Welt
Nur getan hat er nichts, keine Weichen gestellt
Nur einen Text vorgetragen, der Eichenrebell

Bei Lektora erschienen

Sebastian 23

Ein Kopf verpflichtet uns zu nichts

Sebastian 23 ist einer der bekanntesten und erfolgreichsten Poetry Slammer Deutschlands und trägt eine Mütze.

Seit 2003 hat er sich dieser Form der live vorgetragenen Literatur verschrieben und ist damit im gesamten deutschsprachigen Gebiet aufgetreten, u. a. bei der Frankfurter Buchmesse, im Schauspielhaus Hamburg und im Berliner Admiralspalast.

2008 wurde er deutschsprachiger Meister und Vizeweltmeister im Poetry Slam, gewann die renommierte St. Ingberter Pfanne und den Prix Pantheon, trat bei TVTotal, Nightwash und im QuatschComedyClub auf und ist zudem nominiert für den Literaturpreis des Landes NRW. Außerdem erlangte er bei einer Aral-Tankstelle in der Nähe von Büttelborn vier Bonuspunkte beim Erwerb eines Schokoriegels.

Seine Texte sind in zahlreichen Anthologien veröffentlicht (u. a. bei Reclam und S. Fischer) und sein Debüt-Buch „Ein Kopf verpflichtet uns zu nichts" erschien Ende 2008. Und seit 2009 geht er mit seinem ersten Solo-Programm auf Tour. Es heißt „Gude Laune hier!" und es handelt von den Tücken, mit denen man als Dichter und Philosoph so im Alltag zu kämpfen hat.

Zum Beispiel Kaffee.

Und Mützen.

Und Wiederholungen.

ISBN 3-938470-20-8

€ 12,80

www.lektora.de/shop

Bei Lektora erschienen

Sebastian 23

Das Schiff auf dem Berg

Sebastian 23 ist heute ein recht bekannter Poetry-Slammer, Autor und Komiker. Das war aber nicht immer so. Es wird viele überraschen, aber früher war er sogar einmal ein Kind.

Sein neues Buch „Das Schiff auf dem Berg" handelt von dieser Zeit. Genauer gesagt, von einem rätselhaften Traum, den er als Kind immer wieder hatte. Mit nichts als einem Lächeln im Gepäck macht sich Sebastian 23 auf die Suche nach dem Ursprung dieses Traumes und entdeckt einen kleinen Jungen mit dem Kopf voller Flausen und den Händen voller Nutella-Brote.

In zwölf Episoden umtanzt Sebastian 23 in „Das Schiff auf dem Berg" die lustigen, tragischen und schlicht verrückten Dinge, die eine Kindheit so ausmachen: Vom Sandkasten über das Klettergerüst direkt in den ersten Liebeskummer und zurück. Und hinter allem steht die große Frage, was unsere Träume für unser Leben bedeuten. Entlang des Weges finden sich dabei überraschende Antworten auf weitere wichtige Fragen: Wieso klettert jemand auf ein Dach, um nicht im Regen zu stehen? Wie doof sind eigentlich Deutschlehrer? Wie isst man unter Wasser Schokolade?

ISBN 978-3-938470-96-1
€ 6,00

www.lektora-verlag.de/shop

Bei Lektora erschienen

Sulaiman Masomi

Ein Kanake sieht rot

Dieses Buch ist das beste Buch, das ich je gelesen habe. Als ich dieses Buch das erste Mal in meinen Händen hielt, wusste ich sofort: Dieses Buch versteht mich. Es wird mich nicht so wie die anderen Bücher behandeln. Ich meine diese anderen verlogenen, untreuen Bücher, die dir den Himmel versprechen, aber das Leben zur Hölle machen. Es ist ein Buch, das auch im Haushalt hilft und die Kleinen vom Kindergarten abholt. Seit ich dieses Buch auf einer Onlineplattform kennen gelernt habe, geht es mir viel besser. Ich bin viel selbstbewusster geworden und habe endlich mein Idealgewicht erreicht. Ich möchte Sulaiman dafür danken, dass sich mein gesamtes Leben dank seines Buches in eine positive und lebenswerte Richtung verändert hat, und ich rate jedem, zwei Exemplare zu kaufen. Warum zwei? Nur zur Sicherheit. Es werden nämlich bestimmt einige versuchen, dein Masomi-Buch zu stehlen. Weil es so gut ist und jeder sein Leben in eine positive, lebenswerte Richtung verändern will. Darum sei nicht böse, falls das mal passiert. Kauf einfach ein Neues und streichel es, bevor du dich schlafen legst. Es heißt nämlich, man hat dann fantastische Träume.

Anonymer Brief

Sulaiman Masomi versammelt in seinem ersten Prosaband seine gesamten Kurzgeschichten-Klassiker wie zum Beispiel „Ein Kanake sieht rot" und „Ich weiß ES". Darüber hinaus finden sich im Buch auch neue und unbekannte Werke des wort- und nasengewaltigen Deutschafghanen.

ISBN 978-3-95461-019-8
12,00 Euro

www.lektora-verlag.de/shop